Horacio Quiroga

La Gallina Degollada y Otros Cuentos

2

La gallina degollada

Todo el día, sentados en el patio en un banco, estaban los cuatro hijos idiotas del matrimonio Mazzini-Ferraz. Tenían la lengua entre los labios, los ojos estúpidos y volvían la cabeza con la boca abierta. El patio era de tierra, cerrado al oeste por un cerco de ladrillos. El banco quedaba paralelo a él, a cinco metros, y allí se mantenían inmóviles, fijos los ojos en los ladrillos. Como el sol se ocultaba tras el cerco, al declinar los idiotas tenían fiesta. La luz enceguecedora llamaba su atención al principio, poco a poco sus ojos se animaban; se reían al fin estrepitosamente, congestionados por la misma hilaridad ansiosa, mirando el sol con alegría bestial, como si fuera comida.

Otra veces, alineados en el banco, zumbaban horas enteras, imitando al tranvía eléctrico. Los ruidos fuertes sacudían asimismo su inercia, y corrían entonces, mordiéndose la lengua y mugiendo, alrededor del patio. Pero casi siempre estaban apagados en un sombrío letargo de idiotismo, y pasaban todo el día sentados en su banco, con las piernas colgantes y quietas, empapando de glutinosa saliva el pantalón.

El mayor tenía doce años, y el menor ocho. En todo su aspecto sucio y desvalido se notaba la falta absoluta de un poco de cuidado maternal.

Esos cuatro idiotas, sin embargo, habían sido un día el encanto de sus padres. A los tres meses de casados, Mazzini y Berta orientaron su estrecho amor

3

de marido y mujer, y mujer y marido, hacia un porvenir mucho más vital: un hijo: ¿Qué mayor dicha para dos enamorados que esa honrada consagración de su cariño, libertado ya del vil egoísmo de un mutuo amor sin fin ninguno y, lo que es peor para el amor mismo, sin esperanzas posibles de renovación?

Así lo sintieron Mazzini y Berta, y cuando el hijo llegó, a los catorce meses de matrimonio, creyeron cumplida su felicidad. La criatura creció bella y radiante, hasta que tuvo año y medio. Pero en el vigésimo mes sacudiéronlo una noche convulsiones terribles, y a la mañana siguiente no conocía más a sus padres. El médico lo examinó con esa atención profesional que está visiblemente buscando las causas del mal en las enfermedades de los padres.

Después de algunos días los miembros paralizados recobraron el movimiento; pero la inteligencia, el alma, aun el instinto, se habían ido del todo; había quedado profundamente idiota, baboso, colgante, muerto para siempre sobre las rodillas de su madre.

—¡Hijo, mi hijo querido! —sollozaba ésta, sobre aquella espantosa ruina de su primogénito.

El padre, desolado, acompañó al médico afuera.

—A usted se le puede decir; creo que es un caso perdido. Podrá mejorar, educarse en todo lo que le permita su idiotismo, pero no más allá.

—¡Sí!... ¡Sí! —asentía Mazzini—. Pero dígame: ¿Usted cree que es herencia, que?...

—En cuanto a la herencia paterna, ya le dije lo que creía cuando vi a su hijo. Respecto a la madre, hay allí un pulmón que no sopla bien. No veo nada más, pero hay un soplo un poco rudo. Hágala examinar bien.

Con el alma destrozada de remordimiento, Mazzini redobló el amor a su hijo, el pequeño idiota que pagaba los excesos del abuelo. Tuvo asimismo que consolar, sostener sin tregua a Berta, herida en lo más profundo por aquel fracaso de su joven maternidad.

Como es natural, el matrimonio puso todo su amor en la esperanza de otro hijo. Nació éste, y su salud y limpidez de risa reencendieron el porvenir extinguido. Pero a los dieciocho meses las convulsiones del primogénito se repetían, y al día siguiente amanecía idiota.

Esta vez los padres cayeron en honda desesperación. ¡Luego su sangre, su amor estaban malditos! ¡Su amor, sobre todo! Veintiocho años él, veintidós ella, y toda su apasionada ternura no alcanzaba a crear un átomo de vida normal. Ya no pedían más belleza e inteligencia como en el primogénito; ¡pero un hijo, un hijo como todos!

Del nuevo desastre brotaron nuevas llamaradas del dolorido amor, un loco anhelo de redimir de una vez para siempre la santidad de su ternura. Sobrevinieron mellizos, y punto por punto repitióse el proceso de los dos mayores.

Mas, por encima de su inmensa amargura, quedaba a Mazzini y Berta gran compasión por sus cuatro hijos. Hubo que arrancar del limbo de la más honda animalidad, no ya sus almas, sino el instinto mismo abolido. No sabían deglutir, cambiar de sitio, ni aun sentarse. Aprendieron al fin a caminar, pero chocaban contra todo, por no darse cuenta de los obstáculos. Cuando los lavaban mugían hasta inyectarse de sangre el rostro. Animábanse sólo al comer, o cuando veían colores brillantes u oían truenos. Se reían entonces, echando afuera lengua y ríos de baba, radiantes de frenesí bestial. Tenían, en cambio, cierta facultad imitativa; pero no se pudo obtener nada más. Con los mellizos pareció haber concluido la aterradora descendencia. Pero pasados tres años desearon de nuevo ardientemente otro hijo, confiando en que el largo tiempo transcurrido hubiera aplacado a la fatalidad.

No satisfacían sus esperanzas. Y en ese ardiente anhelo que se exasperaba, en razón de su infructuosidad, se agriaron. Hasta ese momento cada cual había tomado sobre sí la parte que le correspondía en la miseria de sus hijos; pero la desesperanza de redención ante las cuatro bestias que habían nacido de ellos, echó afuera esa imperiosa necesidad de culpar a los otros, que es patrimonio específico de los corazones inferiores.

Iniciáronse con el cambio de pronombre: tus hijos. Y como a más del insulto había la insidia, la atmósfera se cargaba.

—Me parece —díjole una noche Mazzini, que acababa de entrar y se lavaba las manos—que podrías tener más limpios a los muchachos.

Berta continuó leyendo como si no hubiera oído.

—Es la primera vez —repuso al rato— que te veo inquietarte por el estado de tus hijos.

Mazzini volvió un poco la cara a ella con una sonrisa forzada:

—De nuestros hijos, ¿me parece?

—Bueno; de nuestros hijos. ¿Te gusta así? —alzó ella los ojos.

Esta vez Mazzini se expresó claramente:

—¿Creo que no vas a decir que yo tenga la culpa, no?

—¡Ah, no! —se sonrió Berta, muy pálida— ¡pero yo tampoco, supongo!... ¡No faltaba más!... —murmuró.

—¿Qué, no faltaba más?

—¡Que si alguien tiene la culpa, no soy yo, entiéndelo bien! Eso es lo que te quería decir.

Su marido la miró un momento, con brutal deseo de insultarla.

—¡Dejemos! —articuló, secándose por fin las manos.

—¡Berta!

—¡Como quieras!

Este fue el primer choque y le sucedieron otros. Pero en las inevitables reconciliaciones, sus almas se unían con doble arrebato y locura por otro hijo.

Nació así una niña. Vivieron dos años con la angustia a flor de alma, esperando siempre otro desastre. Nada acaeció, sin embargo, y los padres pusieron en ella toda su complacencia, que la pequeña llevaba a los más extremos límites del mimo y la mala crianza.

Si aún en los últimos tiempos Berta cuidaba siempre de sus hijos, al nacer Bertita olvidóse casi del todo de los otros. Su solo recuerdo la horrorizaba, como algo atroz que la hubieran obligado a cometer. A Mazzini, bien que, en menor grado, pasábale lo mismo.

No por eso la paz había llegado a sus almas. La menor indisposición de su hija echaba ahora afuera, con el terror de perderla, los rencores de su descendencia podrida. Habían acumulado hiel sobrado tiempo para que el vaso no quedara distendido, y al menor contacto el veneno se vertía afuera. Desde el primer disgusto emponzoñado habíanse perdido el respeto; y si hay algo a que el hombre se siente arrastrado con cruel fruición, es, cuando ya se comenzó, a humillar del todo a una persona. Antes se contenían por la mutua falta de éxito; ahora que éste había llegado, cada cual, atribuyéndolo a sí mismo, sentía mayor la infamia de los cuatro engendros que el otro habíale forzado a crear.

Con estos sentimientos, no hubo ya para los cuatro hijos mayores afecto posible. La sirvienta los vestía, les daba de comer, los acostaba, con visible brutalidad. No los lavaban casi nunca. Pasaban casi todo el día sentados frente al cerco, abandonados de toda remota caricia.

De este modo Bertita cumplió cuatro años, y esa noche, resultado de las golosinas que era a los padres absolutamente imposible negarle, la criatura tuvo algún escalofrío y fiebre. Y el temor a verla morir o quedar idiota, tornó a reabrir la eterna llaga.

Hacía tres horas que no hablaban, y el motivo fue, como casi siempre, los fuertes pasos de Mazzini.

—¡Mi Dios! ¿No puedes caminar más despacio? ¿Cuántas veces?...

—Bueno, es que me olvido; ¡se acabó! No lo hago a propósito.

Ella se sonrió, desdeñosa: —¡No, no te creo tanto!

—Ni yo, jamás, te hubiera creído tanto a ti. . . ¡tisiquilla!

—¡Qué! ¿Qué dijiste?...

—¡Nada!

—¡Sí, te oí algo! Mira: ¡no sé lo que dijiste; pero te juro que prefiero cualquier cosa a tener un padre como el que has tenido tú!

Mazzini se puso pálido.

—¡Al fin! —murmuró con los dientes apretados—. ¡Al fin, víbora, has dicho lo que querías!

—¡Sí, víbora, sí! Pero yo he tenido padres sanos, ¿oyes?, ¡sanos! ¡Mi padre no ha muerto de delirio! ¡Yo hubiera tenido hijos como los de todo el mundo! ¡Esos son hijos tuyos, los cuatro tuyos!

Mazzini explotó a su vez.

—¡Víbora tísica! ¡eso es lo que te dije, lo que te quiero decir! ¡Pregúntale, pregúntale al médico quién tiene la mayor culpa de la meningitis de tus hijos: ¡mi padre o tu pulmón picado, víbora!

Continuaron cada vez con mayor violencia, hasta que un gemido de Bertita selló instantáneamente sus bocas. A la una de la mañana la ligera indigestión había desaparecido, y como pasa fatalmente con todos los matrimonios jóvenes que se han amado intensamente una vez siquiera, la reconciliación llegó, tanto más efusiva cuanto hirientes fueran los agravios.

Amaneció un espléndido día, y mientras Berta se levantaba escupió sangre. Las emociones y mala noche pasada tenían, sin duda, gran culpa. Mazzini la retuvo abrazada largo rato, y ella lloró desesperadamente, pero sin que ninguno se atreviera a decir una palabra.

A las diez decidieron salir, después de almorzar. Como apenas tenían tiempo, ordenaron a la sirvienta que matara una gallina.

El día radiante había arrancado a los idiotas de su banco. De modo que mientras la sirvienta degollaba en la cocina al animal, desangrándolo con parsimonia (Berta había aprendido de su madre este buen modo de conservar frescura a la carne), creyó sentir algo como respiración tras ella. Volvióse, y vio a los cuatro idiotas, con los hombros pegados uno a otro, mirando estupefactos la operación... Rojo... rojo...

—¡Señora! Los niños están aquí, en la cocina.

Berta llegó; no quería que jamás pisaran allí. ¡Y ni aun en esas horas de pleno perdón, olvido y felicidad reconquistada, podía evitarse esa horrible visión! Porque, naturalmente, cuando más intensos eran los raptos de amor a su marido e hija, más irritado era su humor con los monstruos.

—¡Que salgan, María! ¡Échelos! ¡Échelos, le digo!

Las cuatro pobres bestias, sacudidas, brutalmente empujadas, fueron a dar a su banco.

Después de almorzar, salieron todos. La sirvienta fue a Buenos Aires, y el matrimonio a pasear por las quintas. Al bajar el sol volvieron, pero Berta quiso

10

saludar un momento a sus vecinas de enfrente. Su hija escapóse enseguida a casa.

Entretanto los idiotas no se habían movido en todo el día de su banco. El sol había traspuesto ya el cerco, comenzaba a hundirse, y ellos continuaban mirando los ladrillos, más inertes que nunca.

De pronto, algo se interpuso entre su mirada y el cerco. Su hermana, cansada de cinco horas paternales, quería observar por su cuenta. Detenida al pie del cerco, miraba pensativa la cresta. Quería trepar, eso no ofrecía duda. Al fin decidióse por una silla desfondada, pero faltaba aún. Recurrió entonces a un cajón de kerosene, y su instinto topográfico hízole colocar vertical el mueble, con lo cual triunfó.

Los cuatro idiotas, la mirada indiferente, vieron cómo su hermana lograba pacientemente dominar el equilibrio, y cómo en puntas de pie apoyaba la garganta sobre la cresta del cerco, entre sus manos tirantes. Viéronla mirar a todos lados, y buscar apoyo con el pie para alzarse más.

Pero la mirada de los idiotas se había animado; una misma luz insistente estaba fija en sus pupilas. No apartaban los ojos de su hermana, mientras creciente sensación de gula bestial iba cambiando cada línea de sus rostros. Lentamente avanzaron hacia el cerco. La pequeña, que habiendo logrado calzar el pie, iba ya a montar a horcajadas y a caerse del otro lado, seguramente, sintióse cogida de la pierna. Debajo de ella, los ocho ojos clavados en los suyos le dieron miedo.

—¡Soltáme! ¡Déjame! —gritó sacudiendo la pierna. Pero fue atraída.

—¡Mamá! ¡Ay, mamá! ¡Mamá, papá! —lloró imperiosamente. Trató aún de sujetarse del borde, pero sintióse arrancada y cayó.

—Mamá, ¡ay! Ma. . . —No pudo gritar más. Uno de ellos le apretó el cuello, apartando los bucles como si fueran plumas, y los otros la arrastraron de una sola pierna hasta la cocina, donde esa mañana se había desangrado a la gallina, bien sujeta, arrancándole la vida segundo por segundo.

Mazzini, en la casa de enfrente, creyó oír la voz de su hija.

—Me parece que te llama—le dijo a Berta.

Prestaron oído, inquietos, pero no oyeron más. Con todo, un momento después se despidieron, y mientras Bertita a dejar su sombrero, Mazzini avanzó en el patio.

—¡Bertita!

Nadie respondió.

—¡Bertita! —alzó más la voz, ya alterada.

Y el silencio fue tan fúnebre para su corazón siempre aterrado, que la espalda se le heló de horrible presentimiento.

—¡Mi hija, mi hija! —corrió ya desesperado hacia el fondo. Pero al pasar frente a la cocina vio en el piso un mar de sangre. Empujó violentamente la puerta entornada, y lanzó un grito de horror.

Berta, que ya se había lanzado corriendo a su vez al oír el angustioso llamado del padre, oyó el grito y respondió con otro. Pero al precipitarse en la cocina,

12

Mazzini, lívido como la muerte, se interpuso, conteniéndola:

—¡No entres! ¡No entres!

Berta alcanzó a ver el piso inundado de sangre. Sólo pudo echar sus brazos sobre la cabeza y hundirse a lo largo de él con un ronco suspiro.

A la deriva

El hombre pisó algo blanduzco, y en seguida sintió la mordedura en el pie. Saltó adelante, y al volverse con un juramento vio una yararacusú que arrollada sobre sí misma esperaba otro ataque.

El hombre echó una veloz ojeada a su pie, donde dos gotitas de sangre engrosaban dificultosamente, y sacó el machete de la cintura. La víbora vio la amenaza, y hundió más la cabeza en el centro mismo de su espiral; pero el machete cayó de lomo, dislocándole las vértebras.

El hombre se bajó hasta la mordedura, quitó las gotitas de sangre, y durante un instante contempló. Un dolor agudo nacía de los dos puntitos violetas, y comenzaba a invadir todo el pie. Apresuradamente se ligó el tobillo con su pañuelo y siguió por la picada hacia su rancho.

El dolor en el pie aumentaba, con sensación de tirante abultamiento, y de pronto el hombre sintió dos o tres fulgurantes puntadas que como relámpagos habían irradiado desde la herida hasta la mitad de la pantorrilla. Movía la pierna con dificultad; una metálica sequedad de garganta, seguida de sed quemante, le arrancó un nuevo juramento.

Llegó por fin al rancho, y se echó de brazos sobre la rueda de un trapiche. Los dos puntitos violeta desaparecían ahora en la monstruosa hinchazón del pie entero. La piel parecía adelgazada y a punto de ceder, de tensa. Quiso llamar a su mujer, y la voz se

14

quebró en un ronco arrastre de garganta reseca. La sed lo devoraba.

—¡Dorotea! —alcanzó a lanzar en un estertor—. ¡Dame caña!

Su mujer corrió con un vaso lleno, que el hombre sorbió en tres tragos. Pero no había sentido gusto alguno.

—¡Te pedí caña, no agua! —rugió de nuevo. ¡Dame caña!

—¡Pero es caña, Paulino! —protestó la mujer espantada.

—¡No, me diste agua! ¡Quiero caña, te digo!

La mujer corrió otra vez, volviendo con la damajuana. El hombre tragó uno tras otro dos vasos, pero no sintió nada en la garganta.

—Bueno; esto se pone feo —murmuró entonces, mirando su pie lívido y ya con lustre gangrenoso. Sobre la honda ligadura del pañuelo, la carne desbordaba como una monstruosa morcilla.

Los dolores fulgurantes se sucedían en continuos relampagueos, y llegaban ahora a la ingle. La atroz sequedad de garganta que el aliento parecía caldear más, aumentaba a la par. Cuando pretendió incorporarse, un fulminante vómito lo mantuvo medio minuto con la frente apoyada en la rueda de palo.

Pero el hombre no quería morir, y descendiendo hasta la costa subió a su canoa. Sentóse en la popa y comenzó a palear hasta el centro del Paraná. Allí la corriente del río, que en las inmediaciones del Iguazú corre seis millas, lo llevaría antes de cinco horas a Tacurú-Pucú.

El hombre, con sombría energía, pudo efectivamente llegar hasta el medio del río; pero allí sus manos dormidas dejaron caer la pala en la canoa, y tras un nuevo vómito —de sangre esta vez—dirigió una mirada al sol que ya trasponía el monte.

La pierna entera, hasta medio muslo, era ya un bloque deforme y durísimo que reventaba la ropa. El hombre cortó la ligadura y abrió el pantalón con su cuchillo: el bajo vientre desbordó hinchado, con grandes manchas lívidas y terriblemente doloroso. El hombre pensó que no podría jamás llegar él solo a Tacurú-Pucú, y se decidió a pedir ayuda a su compadre Alves, aunque hacía mucho tiempo que estaban disgustados.

La corriente del río se precipitaba ahora hacia la costa brasileña, y el hombre pudo fácilmente atracar. Se arrastró por la picada en cuesta arriba, pero a los veinte metros, exhausto, quedó tendido de pecho.

—¡Alves! —gritó con cuanta fuerza pudo; y prestó oído en vano.

—¡Compadre Alves! ¡No me niegue este favor! —clamó de nuevo, alzando la cabeza del suelo. En el silencio de la selva no se oyó un solo rumor. El hombre tuvo aún valor para llegar hasta su canoa, y la corriente, cogiéndola de nuevo, la llevó velozmente a la deriva.

El Paraná corre allí en el fondo de una inmensa hoya, cuyas paredes, altas de cien metros, encajonan fúnebremente el río. Desde las orillas bordeadas de negros bloques de basalto, asciende el bosque, negro también. Adelante, a los costados, detrás, la eterna muralla lúgubre, en cuyo fondo el río arremolinado se precipita en incesantes borbollones de agua fangosa. El paisaje es agresivo, y reina en él un silencio de muerte. Al atardecer, sin embargo, su belleza sombría y calma cobra una majestad única.

El sol había caído ya cuando el hombre, semitendido en el fondo de la canoa, tuvo un violento escalofrío. Y de pronto, con asombro, enderezó pesadamente la cabeza: se sentía mejor. La pierna le dolía apenas, la sed disminuía, y su pecho, libre ya, se abría en lenta inspiración.

El veneno comenzaba a irse, no había duda. Se hallaba casi bien, y aunque no tenía fuerzas para mover la mano, contaba con la caída del rocío para reponerse del todo. Calculó que antes de tres horas estaría en Tacurú-Pucú.

El bienestar avanzaba, y con él una somnolencia llena de recuerdos. No sentía ya nada ni en la pierna ni en el vientre. ¿Viviría aún su compadre Gaona en Tacurú-Pucú? Acaso viera también a su ex patrón mister Dougald, y al recibidor del obraje.

¿Llegaría pronto? El cielo, al poniente, se abría ahora en pantalla de oro, y el río se había coloreado también. Desde la costa paraguaya, ya entenebrecida, el monte dejaba caer sobre el río su frescura crepuscular, en penetrantes efluvios de azahar y miel silvestre. Una pareja de guacamayos cruzó muy alto y en silencio hacia el Paraguay.

Allá abajo, sobre el río de oro, la canoa derivaba velozmente, girando a ratos sobre sí misma ante el borbollón de un remolino. El hombre que iba en ella se sentía cada vez mejor, y pensaba entretanto en el tiempo justo que había pasado sin ver a su ex patrón Dougald. ¿Tres años? Tal vez no, no tanto. ¿Dos años y nueve meses? Acaso. ¿Ocho meses y medio? Eso sí, seguramente.

De pronto sintió que estaba helado hasta el pecho. ¿Qué sería? Y la respiración también...

Al recibidor de maderas de mister Dougald, Lorenzo Cubilla, lo había conocido en Puerto Esperanza un viernes santo... ¿Viernes? Sí, o jueves . . .

El hombre estiró lentamente los dedos de la mano.

—Un jueves...

Y cesó de respirar.

El hijo

Es un poderoso día de verano en Misiones, con todo el sol, el calor y la calma que puede deparar la estación. La naturaleza plenamente abierta, se siente satisfecha de sí.

Como el sol, el calor y la calma ambiente, el padre abre también su corazón a la naturaleza.

—Ten cuidado, chiquito —dice a su hijo; abreviando en esa frase todas las observaciones del caso y que su hijo comprende perfectamente.

—Si, papá —responde la criatura mientras coge la escopeta y carga de cartuchos los bolsillos de su camisa, que cierra con cuidado.

—Vuelve a la hora de almorzar —observa aún el padre.

—Sí, papá —repite el chico.

Equilibra la escopeta en la mano, sonríe a su padre, lo besa en la cabeza y parte.

Su padre lo sigue un rato con los ojos y vuelve a su quehacer de ese día, feliz con la alegría de su pequeño.

Sabe que su hijo es educado desde su más tierna infancia en el hábito y la precaución del peligro, puede manejar un fusil y cazar no importa qué. Aunque es muy alto para su edad, no tiene sino trece años. Y parecía tener menos, a juzgar por la pureza de sus ojos azules, frescos aún de sorpresa infantil.

No necesita el padre levantar los ojos de su quehacer para seguir con la mente la marcha de su hijo.

Ha cruzado la picada roja y se encamina rectamente al monte a través del abra de espartillo.

Para cazar en el monte —caza de pelo— se requiere más paciencia de la que su cachorro puede rendir. Después de atravesar esa isla de monte, su hijo costeará la linde de cactus hasta el bañado, en procura de palomas, tucanes o tal cual casal de garzas, como las que su amigo Juan ha descubierto días anteriores.

Sólo ahora, el padre esboza una sonrisa al recuerdo de la pasión cinegética de las dos criaturas. Cazan sólo a veces un yacútoro, un surucuá —menos aún— y regresan triunfales, Juan a su rancho con el fusil de nueve milímetros que él le ha regalado, y su hijo a la meseta con la gran escopeta Saint-Étienne, calibre 16, cuádruple cierre y pólvora blanca.

Él fue lo mismo. A los trece años hubiera dado la vida por poseer una escopeta. Su hijo, de aquella edad, la posee ahora y el padre sonríe...

No es fácil, sin embargo, para un padre viudo, sin otra fe ni esperanza que la vida de su hijo, educarlo como lo ha hecho él, libre en su corto radio de acción, seguro de sus pequeños pies y manos desde que tenía cuatro años, consciente de la inmensidad de ciertos peligros y de la escasez de sus propias fuerzas.

Ese padre ha debido luchar fuertemente contra lo que él considera su egoísmo. ¡Tan fácilmente una criatura calcula mal, sienta un pie en el vacío y se pierde un hijo!

El peligro subsiste siempre para el hombre en cualquier edad; pero su amenaza amengua si desde pequeño se acostumbra a no contar sino con sus propias fuerzas.

De este modo ha educado el padre a su hijo. Y para conseguirlo ha debido resistir no sólo a su corazón, sino a sus tormentos morales; porque ese padre, de estómago y vista débiles, sufre desde hace un tiempo de alucinaciones.

Ha visto, concretados en dolorosísima ilusión, recuerdos de una felicidad que no debía surgir más de la nada en que se recluyó. La imagen de su propio hijo no ha escapado a este tormento. Lo ha visto una vez rodar envuelto en sangre cuando el chico percutía en la morsa del taller una bala de parabellum, siendo así que lo que hacía era limar la hebilla de su cinturón de caza.

Horrible caso .. Pero hoy, con el ardiente y vital día de verano, cuyo amor a su hijo parece haber heredado, el padre se siente feliz, tranquilo, y seguro del porvenir.

En ese instante, no muy lejos suena un estampido.

—La Saint-Étienne... —piensa el padre al reconocer la detonación. Dos palomas de menos en el monte...

Sin prestar más atención al nimio acontecimiento, el hombre se abstrae de nuevo en su tarea.

El sol, ya muy alto, continúa ascendiendo. Adónde quiera que se mire —piedras, tierra, árboles—, el aire enrarecido como en un horno, vibra con el calor. Un profundo zumbido que llena el ser entero e impregna el ámbito hasta donde la vista alcanza, concentra a esa hora toda la vida tropical.

El padre echa una ojeada a su muñeca: las doce. Y levanta los ojos al monte.

Su hijo debía estar ya de vuelta. En la mutua confianza que depositan el uno en el otro —el padre de sienes plateadas y la criatura de trece años—, no se engañan jamás. Cuando su hijo responde: "Sí, papá", hará lo que dice. Dijo que volvería antes de las doce, y el padre ha sonreído al verlo partir.

Y no ha vuelto.

El hombre torna a su quehacer, esforzándose en concentrar la atención en su tarea. ¿Es tan fácil, tan fácil perder la noción de la hora dentro del monte, y sentarse un rato en el suelo mientras se descansa inmóvil..?

El tiempo ha pasado; son las doce y media. El padre sale de su taller, y al apoyar la mano en el banco de mecánica sube del fondo de su memoria el estallido de una bala de parabellum, e instantáneamente, por primera vez en las tres transcurridas, piensa que tras el estampido de la Saint-Étienne no ha oído nada más. No ha oído rodar el pedregullo bajo un paso conocido. Su hijo no ha vuelto y la naturaleza se halla detenida a la vera del bosque, esperándolo.

¡Oh! no son suficientes un carácter templado y una ciega confianza en la educación de un hijo para ahuyentar el espectro de la fatalidad que un padre de vista enferma ve alzarse desde la línea del monte. Distracción, olvido, demora fortuita: ninguno de estos nimios motivos que pueden retardar la llegada de su hijo halla cabida en aquel corazón.

Un tiro, un solo tiro ha sonado, y hace mucho. Tras él, el padre no ha oído un ruido, no ha visto un pájaro, no ha cruzado el abra una sola persona a anunciarle que al cruzar un alambrado, una gran desgracia...

La cabeza al aire y sin machete, el padre va. Corta el abra de espartillo, entra en el monte, costea la línea de cactus sin hallar el menor rastro de su hijo.

Pero la naturaleza prosigue detenida. Y cuando el padre ha recorrido las sendas de caza conocidas y ha explorado el bañado en vano, adquiere la seguridad de que cada paso que da en adelante lo lleva, fatal e inexorablemente, al cadáver de su hijo.

Ni un reproche que hacerse, es lamentable. Sólo la realidad fría terrible y consumada: ha muerto su hijo al cruzar un...

¡Pero dónde, en qué parte! ¡Hay tantos alambrados allí, y es tan, tan sucio el monte! ¡Oh, muy sucio! Por poco que no se tenga cuidado al cruzar los hilos con la escopeta en la mano...

El padre sofoca un grito. Ha visto levantarse en el aire... ¡Oh, no es su hijo, no! Y vuelve a otro lado, y a otro y a otro...

Nada se ganaría con ver el color de su tez y la angustia de sus ojos. Ese hombre aún no ha llamado a su hijo. Aunque su corazón clama par él a gritos, su boca continúa muda. Sabe bien que el solo acto de pronunciar su nombre, de llamarlo en voz alta, será la confesión de su muerte.

—¡Chiquito! —se le escapa de pronto. Y si la voz de un hombre de carácter es capaz de llorar, tapémonos de misericordia los oídos ante la angustia que clama en aquella voz.

Nadie ni nada ha respondido. Por las picadas rojas de sol, envejecido en diez años, va el padre buscando a su hijo que acaba de morir.

—¡Hijito mío..! ¡Chiquito mío..! —clama en un diminutivo que se alza del fondo de sus entrañas.

Ya antes, en plena dicha y paz, ese padre ha sufrido la alucinación de su hijo rodando con la frente abierta por una bala al cromo níquel. Ahora, en cada rincón sombrío del bosque ve centellos de alambre; y al pie de un poste, con la escopeta descargada al lado, ve a su...

—¡Chiquito..! ¡Mi hijo!

Las fuerzas que permiten entregar un pobre padre alucinado a la mas atroz pesadilla tienen también un límite. Y el nuestro siente que las suyas se le escapan, cuando ve bruscamente desembocar de un pique lateral a su hijo.

A un chico de trece años bástale ver desde cincuenta metros la expresión de su padre sin machete dentro del monte para apresurar el paso con los ojos húmedos.

—Chiquito... —murmura el hombre. Y, exhausto se deja caer sentado en la arena albeante, rodeando con los brazos las piernas de su hijo.

La criatura, así ceñida, queda de pie; y como comprende el dolor de su padre, le acaricia despacio la cabeza:

—Pobre papá...

En fin, el tiempo ha pasado. Ya van a ser las tres..

Juntos ahora, padre e hijo emprenden el regreso a la casa.

—¿Cómo no te fijaste en el sol para saber la hora..? —murmura aún el primero.

—Me fijé, papá... Pero cuando iba a volver vi las garzas de Juan y las seguí...

—¡Lo que me has hecho pasar, chiquito!

—Piapiá... —murmura también el chico.

Después de un largo silencio:

—Y las garzas, ¿las mataste? —pregunta el padre.

—No.

Nimio detalle, después de todo. Bajo el cielo y el aire candentes, a la descubierta por el abra de espartillo, el hombre devuelve a casa con su hijo, sobre cuyos hombros, casi del alto de los suyos, lleva pasado su feliz brazo de padre. Regresa empapado de sudor, y aunque quebrantado de cuerpo y alma, sonríe de felicidad.

Sonríe de alucinada felicidad... Pues ese padre va solo.

A nadie ha encontrado, y su brazo se apoya en el vacío. Porque tras él, al pie de un poste y con las piernas en alto, enredadas en el alambre de púa, su hijo bien amado yace al sol, muerto desde las diez de la mañana.

El Almohadón de Plumas

Su luna de miel fue un largo escalofrío. Rubia, angelical y tímida, el carácter duro de su marido heló sus soñadas niñerías de novia. Lo quería mucho, sin embargo, a veces con un ligero estremecimiento cuando volviendo de noche juntos por la calle, echaba una furtiva mirada a la alta estatura de Jordán, mudo desde hacía una hora. Él, por su parte, la amaba profundamente, sin darlo a conocer.

Durante tres meses —se habían casado en abril— vivieron una dicha especial. Sin duda hubiera ella deseado menos severidad en ese rígido cielo de amor, más expansiva e incauta ternura; pero el impasible semblante de su marido la contenía siempre.

La casa en que vivían influía un poco en sus estremecimientos. La blancura del patio silencioso —frisos, columnas y estatuas de mármol— producía una otoñal impresión de palacio encantado. Dentro, el brillo glacial del estuco, sin el más leve rasguño en las altas paredes, afirmaba aquella sensación de desapacible frío. Al cruzar de una pieza a otra, los pasos hallaban eco en toda la casa, como si un largo abandono hubiera sensibilizado su resonancia.

En ese extraño nido de amor, Alicia pasó todo el otoño. No obstante, había concluido por echar un velo sobre sus antiguos sueños, y aún vivía dormida en la casa hostil, sin querer pensar en nada hasta que llegaba su marido.

No es raro que adelgazara. Tuvo un ligero ataque de influenza que se arrastró insidiosamente días y días; Alicia no se reponía nunca. Al fin una tarde pudo salir al jardín apoyada en el brazo de él. Miraba indiferente a uno y otro lado. De pronto Jordán, con honda ternura, le pasó la mano por la cabeza, y Alicia rompió en seguida en sollozos, echándole los brazos al cuello. Lloró largamente todo su espanto callado, redoblando el llanto a la menor tentativa de caricia. Luego los sollozos fueron retardándose, y aún quedó largo rato escondida en su cuello, sin moverse ni decir una palabra.

Fue ese el último día que Alicia estuvo levantada. Al día siguiente amaneció desvanecida. El médico de Jordán la examinó con suma atención, ordenándole calma y descanso absolutos.

—No sé —le dijo a Jordán en la puerta de calle, con la voz todavía baja—. Tiene una gran debilidad que no me explico, y sin vómitos, nada.. . Si mañana se despierta como hoy, llámeme enseguida.

Al otro día Alicia seguía peor. Hubo consulta. Constatóse una anemia de marcha agudísima, completamente inexplicable. Alicia no tuvo más desmayos, pero se iba visiblemente a la muerte. Todo el día el dormitorio estaba con las luces prendidas y en pleno silencio. Pasábanse horas sin oír el menor ruido. Alicia dormitaba. Jordán vivía casi en la sala, también con toda la luz encendida. Paseábase sin cesar de un extremo a otro, con incansable obstinación. La alfombra ahogaba sus pesos. A ratos entraba en el dormitorio y proseguía su mudo vaivén a lo largo de la cama, mirando a su mujer cada vez que caminaba en su dirección.

Pronto Alicia comenzó a tener alucinaciones, confusas y flotantes al principio, y que descendieron luego a ras del suelo. La joven, con los ojos desmesuradamente abiertos, no hacía sino mirar la alfombra a uno y otro lado del respaldo de la cama. Una noche se quedó de repente mirando fijamente. Al rato abrió la boca para gritar, y sus narices y labios se perlaron de sudor.

—¡Jordán! ¡Jordán! —clamó, rígida de espanto, sin dejar de mirar la alfombra.

Jordán corrió al dormitorio, y al verlo aparecer Alicia dio un alarido de horror.

—¡Soy yo, Alicia, soy yo!

Alicia lo miró con extravío, miró la alfombra, volvió a mirarlo, y después de largo rato de estupefacta confrontación, se serenó. Sonrió y tomó entre las suyas la mano de su marido, acariciándola temblando.

Entre sus alucinaciones más porfiadas, hubo un antropoide, apoyado en la alfombra sobre los dedos, que tenía fijos en ella los ojos.

Los médicos volvieron inútilmente. Había allí delante de ellos una vida que se acababa, desangrándose día a día, hora a hora, sin saber absolutamente cómo. En la última consulta Alicia yacía en estupor mientras ellos la pulsaban, pasándose de uno a otro la muñeca inerte. La observaron largo rato en silencio y siguieron al comedor.

—Pst... —se encogió de hombros desalentado su médico—. Es un caso serio... poco hay que hacer...

—¡Sólo eso me faltaba! —resopló Jordán. Y tamborileó bruscamente sobre la mesa.

Alicia fue extinguiéndose en su delirio de anemia, agravado de tarde, pero que remitía siempre en las primeras horas. Durante el día no avanzaba su enfermedad, pero cada mañana amanecía lívida, en síncope casi. Parecía que únicamente de noche se le fuera la vida en nuevas alas de sangre. Tenía siempre al despertar la sensación de estar desplomada en la cama con un millón de kilos encima. Desde el tercer día este hundimiento no la abandonó más. Apenas podía mover la cabeza. No quiso que le tocaran la cama, ni aún que le arreglaran el almohadón. Sus terrores crepusculares avanzaron en forma de monstruos que se arrastraban hasta la cama y trepaban dificultosamente por la colcha.

Perdió luego el conocimiento. Los dos días finales deliró sin cesar a media voz. Las luces continuaban fúnebremente encendidas en el dormitorio y la sala. En el silencio agónico de la casa, no se oía más que el delirio monótono que salía de la cama, y el rumor ahogado de los eternos pasos de Jordán.

Murió, por fin. La sirvienta, que entró después a deshacer la cama, sola ya, miró un rato extrañada el almohadón.

—¡Señor! —llamó a Jordán en voz baja—. En el almohadón hay manchas que parecen de sangre.

Jordán se acercó rápidamente Y se dobló a su vez. Efectivamente, sobre la funda, a ambos lados del hueco que había dejado la cabeza de Alicia, se veían manchitas oscuras.

—Parecen picaduras —murmuró la sirvienta después de un rato de inmóvil observación.

—Levántelo a la luz —le dijo Jordán.

La sirvienta lo levantó, pero enseguida lo dejó caer, y se quedó mirando a aquél, lívida y temblando. Sin saber por qué, Jordán sintió que los cabellos se le erizaban.

—¿Qué hay?—murmuró con la voz ronca.

—Pesa mucho —articuló la sirvienta, sin dejar de temblar.

Jordán lo levantó; pesaba extraordinariamente. Salieron con él, y sobre la mesa del comedor Jordán cortó funda y envoltura de un tajo. Las plumas superiores volaron, y la sirvienta dio un grito de horror con toda la boca abierta, llevándose las manos crispadas a los bandós: —sobre el fondo, entre las plumas, moviendo lentamente las patas velludas, había un animal monstruoso, una bola viviente y viscosa. Estaba tan hinchado que apenas se le pronunciaba la boca.

Noche a noche, desde que Alicia había caído en cama, había aplicado sigilosamente su boca —su trompa, mejor dicho— a las sienes de aquélla, chupándole la sangre. La picadura era casi imperceptible. La remoción diaria del almohadón había impedido sin dada su desarrollo, pero desde que la joven no pudo moverse, la succión fue vertiginosa. En cinco días, en cinco noches, había vaciado a Alicia.

Estos parásitos de las aves, diminutos en el medio habitual, llegan a adquirir en ciertas condiciones proporciones enormes. La sangre humana parece serles particularmente favorable, y no es raro hallarlos en los almohadones de pluma.

El Conductor Rápido

Desde 1905 hasta 1925 han ingresado en el Hospicio de las Mercedes 108 maquinistas atacados de alienación mental».

«Cierta mañana llegó al manicomio un hombre escuálido, de rostro macilento, que se tenía malamente en pie. Estaba cubierto de andrajos y articulaba tan mal sus palabras que era necesario descubrir lo que decía. Y, sin embargo, según afirmaba con cierto alarde su mujer al internarlo, ese maquinista había guiado su máquina hasta pocas horas antes».

«En un momento dado de aquel lapso de tiempo, un señalero y un cambista alienados trabajaban en la misma línea y al mismo tiempo que dos conductores, también alienados».

«Es hora, pues, dados los copiosos hechos apuntados, de meditar ante las actitudes fácilmente imaginables en que podría incurrir un maquinista alienado que conduce un tren».

Tal es lo que leo en una revista de criminología, psiquiatría y medicina legal, que tengo bajo mis ojos mientras me desayuno.

Perfecto. Yo soy uno de esos maquinistas. Más aun: soy conductor del rápido del Continental. Leo, pues, el anterior estudio con una atención también fácilmente imaginable.

Hombres, mujeres, niños, niñitos, presidentes y estabiloques: desconfiad de los psiquiatras como de toda policía. Ellos ejercen el contralor mental de la humanidad, y ganan con ello: ¡ojo! Yo no conozco las estadísticas de alienación en el personal de los hospicios; pero no cambio los posibles trastornos que mi locomotora con un loco a horcajadas pudiera discurrir por los caminos, con los de cualquier deprimido psiquiatra al frente de un manicomio.

Cumple advertir, sin embargo, que el especialista cuyos son los párrafos apuntados comprueba que 108 maquinistas y 186 fogoneros alienados en el lapso de veinte años, establecen una proporción en verdad poco alarmante: algo más de cinco conductores locos por año. Y digo ex profeso conductores refiriéndome a los dos oficios, pues nadie ignora que un fogonero posee capacidad técnica suficiente como para manejar su máquina, en caso de cualquier accidente fortuito.

Visto esto, no deseo sino que este tanto por ciento de locos al frente del destino de una parte de la humanidad, sea tan débil en nuestra profesión como en la de ellos.

Con lo cual concluyo en calma mi café, que tiene hoy un gusto extrañamente salado.

Esto lo medité hace quince días. Hoy he perdido ya la calma de entonces. Siento cosas perfectamente definibles si supiera a ciencia cierta qué es lo que quiero definir. A veces, mientras hablo con alguno mirándolo a los ojos, tengo la impresión de que los gestos de mi interlocutor y los míos se han detenido en extática dureza, aunque la acción prosigue; y que entre palabra y palabra media una eternidad de tiempo, aunque no cesamos de hablar aprisa.

Vuelvo en mí, pero no ágilmente, como se vuelve de una momentánea obnubilación, sino con hondas y mareantes oleadas de corazón que se recobra. Nada recuerdo de ese estado; y conservo de él, sin embargo, la impresión y el cansancio que dejan las grandes emociones sufridas.

Otras veces pierdo bruscamente el contralor de mi yo, y desde un rincón de la máquina, transformado en un ser tan pequeño, concentrado de líneas y luciente como un bulón octogonal, me veo a mí mismo maniobrando con angustiosa lentitud.

¿Qué es esto? No lo sé. Llevo 18 años en la línea. Mi vista continúa siendo normal. Desgraciadamente, uno sabe siempre de patología más de lo razonable, y acudo al consultorio de la empresa.

—Yo nada siento en órgano alguno —he dicho—, pero no quiero concluir epiléptico. A nadie conviene ver inmóviles las cosas que se mueven.

—¿Y eso?—me ha dicho el médico mirándome—. ¿Quién le ha definido esas cosas?

—Las he leído alguna vez—respondo—. Haga el favor de examinarme, le ruego.

El doctor me examina el estómago, el hígado, la circulación—y la vista, por de contado.

—Nada veo —me ha dicho—, fuera de la ligera depresión que acusa usted viniendo aquí... Piense poco, fuera de lo indispensable para sus maniobras, y no lea nada. A los conductores de rápidos no les conviene ver cosas dobles, y menos tratar de explicárselas.

—¿Pero no sería prudente —insisto— solicitar un examen completo a la empresa? Yo tengo una responsabilidad demasiado grande sobre mis espaldas para que me baste...

—... el breve examen a que lo he sometido, concluya usted. Tiene razón, amigo maquinista. Es no sólo prudente, sino indispensable hacerlo así. Vaya tranquilo a su examen; los conductores que un día confunden las palancas no suelen discurrir como usted lo hace.

Me he encogido de hombros a sus espaldas, y he salido más deprimido aún.

¿Para qué ver a los médicos de la empresa si por todo tratamiento racional me impondrán un régimen de ignorancia?

Cuando un hombre posee una cultura superior a su empleo, mucho antes que a sus jefes se ha hecho sospechoso a sí mismo. Pero si estas suspensiones de vida prosiguen, y se acentúa este ver doble y triple a través de una lejanísima transparencia, entonces sabré perfectamente lo que conviene en tal estado a un conductor de tren.

Soy feliz. Me he levantado al rayar el día, sin sueño ya y con tal conciencia de mi bienestar que mi casita, las calles, la ciudad entera me han parecido pequeñas para asistir a mi plenitud de vida. He ido afuera, cantando por dentro, con los puños cerrados de acción y una ligera sonrisa externa, como procede en todo hombre que se siente estimable ante la vasta creación que despierta.

Es curiosísimo cómo un hombre puede de pronto darse vuelta y comprobar que arriba, abajo, al este, al oeste, no hay más que claridad potente, cuyos iones infinitesimales están constituídos de satisfacción: simple y noble satisfacción que colma el pecho y hace levantar beatamente la cabeza.

Antes, no sé en qué remoto tiempo y distancia, yo estuve deprimido, tan pesado de ansia que no alcanzaba a levantarme un milímetro del chato suelo. Hay gases que se arrastran así por la baja tierra sin lograr alzarse de ella, y rastrean asfixiado porque no pueden respirar ellos mismos.

Yo era uno de esos gases. Ahora puedo erguirme sólo, sin ayuda de nadie, hasta las más altas nubes. Y si yo fuera hombre de extender las manos y bendecir, todas las cosas y el despertar de la vida proseguirían su rutina iluminada, pero impregnadas de mí: ¡Tan fuerte es la expansión de la mente en un hombre de verdad!

Desde esta altura y esta perfección radial me acuerdo de mis miserias y colapsos que me mantenían a ras de tierra, como un gas. ¿Cómo pudo esta firme carne mía y esta insolente plenitud de contemplar, albergar tales incertidumbres, sordideces, manías y asfixias por falta de aire?

Miro alrededor, y estoy solo, seguro, musical y riente de mi armónico existir. La vida, pesadísima tractora y furgón al mismo tiempo, ofrece estos fenómenos: una locomotora se yergue de pronto sobre sus ruedas traseras y se halla a la luz del sol.

¡De todos lados! ¡Bien erguida y al sol.

¡Cuán poco se necesita a veces para decidir de un destino: a la altura henchida, tranquila y eficiente, o a ras del suelo como un gas!

Yo fui ese gas. Ahora soy lo que soy, y vuelvo a casa despacio y maravillado.

He tomado el café con mi hija en las rodillas, y en una actitud que ha sorprendido a mi mujer.

—Hace tiempo que no te veía así—me dice con su voz seria y triste.

—Es la vida que renace—le he respondido—. ¡Soy otro, hermana!

—Ojalá estés siempre como ahora—murmura.

—Cuando Fermín compró su casa, en la empresa nada le dijeron. Había una llave de más.

—¿Qué dices? —pregunta mi mujer levantando la cabeza. Yo la miro, más sorprendido de su pregunta que ella misma, y respondo:

—Lo que te dije: ¡qué seré siempre así!

Con lo cual me levanto y salgo de nuevo,—huevo.

Por lo común, después de almorzar paso por la oficina a recibir órdenes y no vuelvo a la estación hasta la hora de tomar servicio. No hay hoy novedad alguna, fuera de las grandes lluvias. A veces, para emprender ese camino, he salido de casa con inexplicable somnolencia; y otras he llegado a la máquina con extraño anhelo.

Hoy lo hago todo sin prisa, con el reloj ante el cerebro y las cosas que debía ver, radiando en su exacto lugar.

En esta dichosa conjunción del tiempo y los destinos, arrancamos. Desde media hora atrás vamos corriendo el tren 248. Mi máquina, la 129. En el bronce de su cifra se reflejan al paso los pilares del andén. Perendén.

Yo tengo 18 años de servicio, sin una falta, sin una pena, sin una culpa. Por esto el jefe me ha dicho al salir:

—Van ya dos accidentes en este mes, y es bastante. Cuide del empalme 3, y pasado él ponga atención en la trocha 296-315. Puede ganar más allá el tiempo perdido. Sé que podemos confiar en su calma, y por eso se lo advierto. Buena suerte, y en seguida de llegar informe del movimiento.

¡Calma! ¡Calma! ¡No es preciso, ¡oh jefes! que recomendéis calma a mi alma! Yo puedo correr el tren con los ojos vendados, y el balasto está hecho de rayas y no de puntos, cuando pongo mi calma en la punta del miriñaque a rayar el balasto! Lascazes no tenía cambio para pagar los cigarrillos que compró en el puente...

Desde hace un rato presto atención al fogonero que palea con lentitud abrumadora. Cada movimiento suyo parece aislado, como si estuviera constituido de un material muy duro. ¿Qué compañero me confió la empresa para salvar el empal...

—¡Amigo!—le grito—. ¿Y ese valor? ¿No le recomendó calma el jefe? El tren va corriendo como una cucaracha.

—¿Cucaracha?—responde él—. Vamos bien a presión... y con dos libras más. Este carbón no es como el del mes pasado.

—¡Es que tenemos que correr, amigo! ¿Y su calma? ¡La mía, yo sé dónde está!

—¿Qué?—murmura el hombre.

—El empalme. Parece que allí hay que palear de firme. Y después, del 296 al 315.

—¿Con estas lluvias encima?—objeta el timorato.

—El jefe... ¡Calma! En 18 años de servicio no había yo comprendido el significado completo de esta palabra. ¡Vamos a correr a 110, amigo!

—Por mí... —concluye mi hombre, ojeándome un buen momento de costado.

¡Lo comprendo! ¡Ah, plenitud de sentir en el corazón, como un universo hecho exclusivamente de luz y fidelidad, esta calma que me exalta! ¡Qué es sino un mísero, diminuto y maniatado ser por los reglamentos y el terror, un maquinista de tren del cual se pretendiera exigir calma al abordar un cierto empalme! No es el mecánico azul, con gorra, pañuelo y sueldo, quien puede gritar a sus jefes: ¡La calma soy yo! ¡Se necesita ver cada cosa en el cenit, aisladísimo en su existir! ¡Comprenderla con pasmada alegría! ¡Se necesita poseer un alma donde cada cual posee un sentido, y ser el factor inmediato de todo lo sediento que para ser aguarda nuestro contacto! ¡Ser yo!

Maquinista. Echa una ojeada afuera. La noche es muy negra. El tren va corriendo con su escalera de reflejos a la rastra, y los remaches del ténder están hoy hinchados. Delante, el pasamano de la caldera parte inmóvil desde el ventanillo y ondula cada vez más, hasta barrer en el tope la vía de uno a otro lado. Vuelvo la cabeza adentro: en este instante mismo el resplandor del hogar abierto centellea todo alrededor del sweater del fogonero, que está inmóvil. Se ha quedado inmóvil con la pala hacia atrás, y el sweater erizado de pelusa al rojo blanco.

—¡Miserable! ¡Ha abandonado su servicio!—rujo lanzándome del arenero.

Calma espectacular. ¡En el campo, por fin, fuera de la rutina ferroviaria!

Ayer, mi hija moribunda. ¡Pobre hija mía! Hoy, en franca convalecencia. Estamos detenidos junto al alambrado viendo avanzar la mañana dulce. A ambos lados del cochecito de nuestra hija, que hemos arrastrado hasta allí, mi mujer y yo miramos en lontananza, felices.

—Papá, un tren—dice mi hija extendiendo sus flacos dedos que tantas noches besamos a dúo con su madre.

—Sí, pequeña—afirmo—. Es el rápido de las 7.45.

—¡Qué ligero va, papá! —observa ella.

—¡Oh!, aquí no hay peligro alguno; puede correr. Pero al llegar al em...

Como en una explosión sin ruido, la atmósfera que rodea mi cabeza huye en velocísimas ondas, arrastrando en su succión parte de mi cerebro,—y me veo otra vez sobre el arenero, conduciendo mi tren.

Sé que algo he hecho, algo cuyo contacto multiplicado en torno de mí me asedia, y no puedo recordarlo. Poco a poco mi actitud se recoge, mi espalda se enarca, mis uñas se clavan en la palanca... y lanzo un largo, estertoroso maullido!

Súbitamente entonces, en un ¡trae! y un lívido relámpago cuyas conmociones venía sintiendo desde semanas atrás, comprendo que me estoy volviendo loco.

¡Loco! ¡Es preciso sentir el golpe de esta impresión en plena vida, y el clamor de suprema separación, mil veces peor que la muerte, para comprender el alarido totalmente animal con que el cerebro aúlla el escape de sus resortes!

¡Loco, en este instante, y para siempre! ¡Yo he gritado como un gato! ¡He maullado! ¡Yo he gritado como un gato!

—¡Mi calma, amigo! ¡Esto es lo que yo necesito!... ¡Listo, jefes!

Me lanzo otra vez al suelo. —¡Fogonero maniatado! —le grito a través de su mordaza—. ¡Amigo! ¿Usted nunca vio un hombre que se vuelve loco? Aquí está: ¡Prrrrr! . . .

«Porque usted es un hombre de calma, le confiamos el tren. ¡Ojo a la trocha 4004! Gato». Así dijo el jefe.

—¡Fogonero! ¡Vamos a palear de firme, y nos comeremos la trocha 29000000003!

Suelto la mano de la llave y me veo otra vez, oscuro e insignificante, conduciendo mi tren. Las tremendas sacudidas de la locomotora me punzan el cerebro: estamos pasando el empalme 3.

Surgen entonces ante mis pestañas mismas las palabras del psiquiatra:

«... las actitudes fácilmente imaginables en que podría incurrir un maquinista alienado que conduce su tren»...

¡Oh! Nada es estar alienado. ¡Lo horrible es sentirse incapaz de contener, no un tren, sino una miserable razón humana que huye con sus válvulas sobrecargadas a todo vapor! ¡Lo horrible es tener conciencia de que este último kilate de razón se desvanecerá a su vez, sin que la tremenda responsabilidad que se esfuerza sobre ella alcance a contenerlo! ¡Pido sólo una hora! ¡Diez minutos nada más! Porque de aquí a un instante... ¡Oh, si aún tuviera tiempo de desatar al fogonero y de enterarlo!...

—¡Ligero! ¡Ayúdeme usted mismo!...

Y al punto de agacharme veo levantarse la tapa de los areneros y a una bandada de ratas volcarse en el hogar.

¡Malditas bestias... me van a apagar los fuegos! Cargo el hogar de carbón, sujeto al timorato sobre un arenero y yo me siento sobre el otro.

—¡Amigo!—le grito con una mano en la palanca y la otra en el ojo—: cuando se desea retrasar un tren, se busca otros cómplices, ¿eh? ¿Qué va a decir el jefe cuando lo informe de su colección de ratas? Dirá: ojo a la trocha mm...—millón! ¿Y quién la pasa a 113 kilómetros? Un servidor. Pelo de castor. ¡Este soy yo! Yo no tengo más que certeza delante de mí, y la empresa se desvive por gentes como yo. ¿Qué es usted? dicen. ¡Actitud discreta y preponderancia esencial!, respondo yo. ¡Amigo! ¡Oiga el temblequeo del tren!... Pasamos la trocha...

¡Calma, jefes! No va a saltar, yo lo digo... ¡Salta, amigo, ahora lo veo! Salta...

¡No saltó! ¡Buen susto se llevó usted, mister! ¿Y por qué?, pregunte. ¿Quién merece sólo la confianza de sus jefes?, pregunte. ¡Pregunte, estabiloque del infierno, o le hundo el hurgón en la panza!

—Lo que es este tren—dice el jefe de la estación mirando el reloj—no va a llegar atrasado. Lleva doce minutos de adelanto.

Por la línca se ve avanzar al rápido como un monstruo tumbándose de un lado a otro, avanzar, llegar, pasar rugiendo y huir a 110 por hora.

—Hay quien conoce —digo yo al jefe pavoneándome con las manos sobre el pecho—hay quien conoce el destino de ese tren.

—¿Destino?—se vuelve el jefe al maquinista—. Buenos Aires, supongo...

El maquinista yo sonríe negando suavemente, guiña un ojo al jefe de estación y levanta los dedos movedizos hacia las partes más altas de la atmósfera.

Y tiro a la vía el hurgón, bañado en sudor: el fogonero se ha salvado.

Pero el tren, no. Sé que esta última tregua será más breve aun que las otras. Si hace un instante no tuve tiempo—¡no material: mental!—para desatar a mi asistente y confiarle el tren, no lo tendré tampoco para detenerlo... Pongo la mano sobre la llave para cerrarla-arla ¡eluf eluf!, amigo ¡Otra rata!

Último resplandor... ¡Y qué horrible martirio! ¡Dios de la Razón y de mi pobre hija! ¡Concédeme tan sólo tiempo para poner la mano sobre la palanca-blancapiribanca, ¡miau! El jefe de la estación anteterminal tuvo apenas tiempo de oír al conductor del rápido 248, que echado casi fuera de la portezuela le gritaba con acento que nunca aquél ha de olvidar:

—¡Deme desvío!...

Pero lo que descendió luego del tren, cuyos frenos al rojo habíanlo detenido junto a los paragolpes del desvío; lo que fue arrancado a la fuerza de la locomotora, entre horribles maullidos y debatiéndose como una bestia, eso no fue por el resto de sus días sino un pingajo de manicomio. Los alienistas opinan que en la salvación del tren —y 125 vidas—no debe verse otra cosa que un caso de automatismo profesional, no muy raro, y que los enfermos de este género suelen recuperar el juicio.

Nosotros consideramos que el sentimiento del deber, profundamente arraigado en una naturaleza de hombre, es capaz de contener por tres horas el mar de demencia que lo está ahogando. Pero de tal heroísmo mental, la razón no se recobra.

El desierto

La canoa se deslizaba costeando el bosque, o lo que podía parecer bosque en aquella oscuridad. Más por instinto que por indicio alguno Subercasaux sentía su proximidad, pues las tinieblas eran un solo bloque infranqueable, que comenzaban en las manos del remero y subían hasta el cenit. El hombre conocía bastante bien su río, para no ignorar dónde se hallaba; pero en tal noche y bajo amenaza de lluvia, era muy distinto atracar entre tacuaras punzantes o pajonales podridos, que en su propio puertito. Y Subercasaux no iba solo en la canoa.

La atmósfera estaba cargada a un grado asfixiante. En lado alguno a que se volviera el rostro, se hallaba un poco de aire que respirar. Y en ese momento, claras y distintas, sonaban en la canoa algunas gotas.

Subercasaux alzó los ojos, buscando en vano en el cielo una conmoción luminosa o la fisura de un relámpago. Como en toda la tarde, no se oía tampoco ahora un solo trueno.

Lluvia para toda la noche —pensó. Y volviéndose a sus acompañantes, que se mantenían mudos en popa:

—Pónganse las capas —dijo brevemente—. Y sujétense bien.

En efecto, la canoa avanzaba ahora doblando las ramas, y dos o tres veces el remo de babor se había deslizado sobre un gajo sumergido. Pero aun a trueque de romper un remo, Subercasaux no perdía

45

contacto con la fronda, pues de apartarse cinco metros de la costa podía cruzar y recruzar toda la noche delante de su puerto, sin lograr verlo.

Bordeando literalmente el bosque a flor de agua, el remero avanzó un rato aún. Las gotas caían ahora más densas, pero también con mayor intermitencia. Cesaban bruscamente, como si hubieran caído no se sabe de dónde. Y recomenzaban otra vez, grandes, aisladas y calientes, para cortarse de nuevo en la misma oscuridad y la misma depresión de atmósfera.

—Sujétense bien —repitió Subercasaux a sus dos acompañantes—. Ya hemos llegado.

En efecto, acababa de entrever la escotadura de su puerto. Con dos vigorosas remadas lanzó la canoa sobre la greda, y mientras sujetaba la embarcación al piquete, sus dos silenciosos acompañantes saltaban a tierra, la que a pesar de la oscuridad se distinguía bien, por hallarse cubierta de miríadas de gusanillos luminosos que hacían ondular el piso con sus fuegos rojos y verdes.

Hasta lo alto de la barranca, que los tres viajeros treparon bajo la lluvia, por fin uniforme y maciza, la arcilla empapada fosforeció. Pero luego las tinieblas los aislaron de nuevo; y entre ellas, la búsqueda del sulky que habían dejado caído sobre las varas.

La frase hecha: "No se ve ni las manos puestas bajo los ojos", es exacta. Y en tales noches, el momentáneo fulgor de un fósforo no tiene otra utilidad que apretar enseguida la tiniebla mareante, hasta hacernos perder el equilibrio.

Hallaron, sin embargo, el sulky, mas no el caballo. Y dejando de guardia junto a una rueda a sus dos acompañantes, que, inmóviles bajo el capuchón caído, crepitaban de lluvia, Subercasaux fue espinándose hasta el fondo de la picada, donde halló a su caballo naturalmente enredado en las riendas.

No había Subercasaux empleado más de veinte minutos en buscar y traer al animal; pero cuando al orientarse en las cercanías del sulky con un:

—¿Están ahí, chiquitos? —oyó:

—Si, piapiá.

Subercasaux se dio por primera vez cuenta exacta, en esa noche, de que los dos compañeros que había abandonado a la noche y a la lluvia eran sus dos hijos, de cinco y seis años, cuyas cabezas no alcanzaban al cubo de la rueda, y que, juntitos y chorreando esperaban tranquilos a que su padre volviera.

Regresaban por fin a casa, contentos y charlando. Pasados los instantes de inquietud o peligro, la voz de Subercasaux era muy distinta de aquella con que hablaba a sus chiquitos cuando debía dirigirse a ellos como a hombres. Su voz había bajado dos tonos; y nadie hubiera creído allí, al oír la ternura de las voces, que quien reía entonces con las criaturas era el mismo hombre de acento duro y breve de media hora antes. Y quienes en verdad dialogaban ahora eran Subercasaux y su chica, pues el varoncito —el menor— se había dormido en las rodillas del padre.

Subercasaux se levantaba generalmente al aclarar; y aunque lo hacía sin ruido, sabía bien que en el cuarto inmediato su chico, tan madrugador como él, hacía rato que estaba con los ojos abiertos esperando sentir a su padre para levantarse. Y comenzaba entonces la invariable fórmula de saludo matinal de uno a otro cuarto:

—¡Buen día, piapiá!

—¡Buen día, mi hijito querido!

—¡Buen día, piapiacito adorado!

—¡Buen día, corderito sin mancha!

—¡Buen día, ratoncito sin cola!

—¡Coaticito mío!

—¡Piapiá tatucito!

—¡Carita de gato!

—¡Colita de víbora!

Y en este pintoresco estilo, un buen rato más. Hasta que, ya vestidos, se iban a tomar café bajo las palmeras en tanto que la mujercita continuaba durmiendo como una piedra, hasta que el sol en la cara la despertaba.

Subercasaux, con sus dos chiquitos, hechura suya en sentimientos y educación, se consideraba el padre más feliz de la tierra. Pero lo había conseguido a costa de dolores más duros de los que suelen conocer los hombres casados.

Bruscamente, como sobrevienen las cosas que no se conciben por su aterradora injusticia, Subercasaux perdió a su mujer. Quedó de pronto solo, con dos criaturas que apenas lo conocían, y en la misma casa por él construida y por ella arreglada, donde cada clavo y cada pincelada en la pared eran un agudo recuerdo de compartida felicidad.

Supo al día siguiente al abrir por casualidad el ropero, lo que es ver de golpe la ropa blanca de su mujer ya enterrada; y colgado, el vestido que ella no tuvo tiempo de estrenar.

Conoció la necesidad perentoria y fatal, si se quiere seguir viviendo, de destruir hasta el último rastro del pasado, cuando quemó con los ojos fijos y secos las cartas por él escritas a su mujer, y que ella guardaba desde novia con más amor que sus trajes de ciudad.

Y esa misma tarde supo, por fin, lo que es retener en los brazos, deshecho al fin de sollozos, a una criatura que pugna por desasirse para ir a jugar con el chico de la cocinera.

Duro, terriblemente duro aquello... Pero ahora reía con sus dos cachorros que formaban con él una sola persona, dado el modo curioso como Subercasaux educaba a sus hijos.

Las criaturas, en efecto, no temían a la oscuridad, ni a la soledad, ni a nada de lo que constituye el terror de los bebés criados entre las polleras de la madre. Más de una vez, la noche cayó sin que Subercasaux hubiera vuelto del río, y las criaturas encendieron el farol de viento a esperarlo sin inquietud. O se despertaban solos en medio de una furiosa tormenta que los enceguecía a través de los vidrios, para volverse a dormir enseguida, seguros y confiados en el regreso de papá.

No temía a nada, sino a lo que su padre les advertía debían temer; y en primer grado, naturalmente, figuraban las víboras. Aunque libres, respirando salud y deteniéndose a mirarlo todo con sus grandes ojos de cachorros alegres, no hubieran sabido qué hacer un instante sin la compañía del padre. Pero si éste, al salir, les advertía que iba a estar tal tiempo ausente, los chicos se quedaban entonces contentos a jugar entre ellos. De igual modo, si en sus mutuas y largas andanzas por el monte o el río, Subercasaux debía alejarse minutos u horas, ellos improvisaban enseguida un juego, y lo aguardaban indefectiblemente en el mismo lugar, pagando así, con ciega y alegre obediencia, la confianza que en ellos depositaba su padre.

Galopaban a caballo por su cuenta, y esto desde que el varoncito tenía cuatro años. Conocían perfectamente —como toda criatura libre— el alcance de sus fuerzas, y jamás lo sobrepasaban. Llegaban a veces, solos, hasta el Yabebirí, al acantilado de arenisca rosa.

—Cerciórense bien del terreno, y siéntense después —le había dicho su padre.

El acantilado se alza perpendicular a veinte metros de un agua profunda y umbría que refresca las grietas de su base. Allá arriba, diminutos, los chicos de Subercasaux se aproximaban tanteando las piedras con el pie. Y seguros, por fin, se sentaban a dejar jugar las sandalias sobre el abismo.

Naturalmente, todo esto lo había conquistado Subercasaux en etapas sucesivas y con las correspondientes angustias.

—Un día se mata un chico —decíase—. Y por el resto de mis días pasaré preguntándome si tenía razón al educarlos así.

Sí, tenía razón. Y entre los escasos consuelos de un padre que queda solo con huérfanos, es el más grande el de poder educar a los hijos de acuerdo con una sola línea de carácter.

Subercasaux era, pues, feliz, y las criaturas sentíanse entrañablemente ligadas a aquel hombrón que jugaba horas enteras con ellos, les enseñaba a leer en el suelo con grandes letras rojas y pesadas de minio y les cosía las rasgaduras de sus bombachas con sus tremendas manos endurecidas.

De coser bolsas en el Chaco, cuando fue allá plantador de algodón, Subercasaux había conservado la costumbre y el gusto de coser. Cosía su ropa, la de sus chicos, las fundas del revólver, las velas de su canoa, todo con hilo de zapatero y a puntada por nudo. De modo que sus camisas podían abrirse por cualquier parte menos donde él había puesto su hilo encerado.

En punto a juegos, las criaturas estaban acordes en reconocer en su padre a un maestro, particularmente en su modo de correr en cuatro patas, tan extraordinario que los hacía enseguida gritar de risa.

Como, a más de sus ocupaciones fijas, Subercasaux tenía inquietudes experimentales, que cada tres meses cambiaban de rumbo, sus hijos, constantemente a su lado, conocían una porción de cosas que no es habitual conozcan las criaturas de esa edad. Habían visto —y ayudado a veces— a disecar animales, fabricar creolina, extraer caucho del monte para pegar sus impermeables; habían visto teñir las camisas de su padre de todos los colores, construir palancas de ocho mil kilos para estudiar cementos; fabricar superfosfatos, vino de naranja, secadoras de tipo Mayfarth, y tender, desde el monte al bungalow, un alambre carril suspendido a diez metros del suelo, por cuyas vagonetas los chicos bajaban volando hasta la casa.

Por aquel tiempo había llamado la atención de Subercasaux un yacimiento o filón de arcilla blanca que la última gran bajada del Yabebirí dejara a descubierto. Del estudio de dicha arcilla había pasado a las otras del país, que cocía en sus hornos de cerámica —naturalmente, construido por él—. Y si había de buscar índices de cocción, vitrificación y demás, con muestras amorfas, prefería ensayar con cacharros, caretas y animales fantásticos, en todo lo cual sus chicos lo ayudaban con gran éxito.

De noche, y en las tardes muy oscuras del temporal, entraba la fábrica en gran movimiento. Subercasaux encendía temprano el horno, y los ensayistas, encogidos por el frío y restregándose las manos, sentábanse a su calor a modelar.

Pero el horno chico de Subercasaux levantaba fácilmente mil grados en dos horas, y cada vez que a este punto se abría su puerta para alimentarlo, partía del hogar albeante un verdadero golpe de fuego que quemaba las pestañas. Por lo cual los ceramistas retirábanse a un extremo del taller, hasta que el viento helado que filtraba silbando por entre las tacuaras de la pared los llevaba otra vez, con mesa y todo, a caldearse de espaldas al horno.

Salvo las piernas desnudas de los chicos, que eran las que recibían ahora las bocanadas de fuego, todo marchaba bien. Subercasaux sentía debilidad por los cacharros prehistóricos; la nena modelaba de preferencia sombreros de fantasía, y el varoncito hacía, indefectiblemente, víboras.

A veces, sin embargo, el ronquido monótono del horno no los animaba bastante, y recurrían entonces al gramófono, que tenía los mismos discos desde que Subercasaux se casó y que los chicos habían aporreado con toda clase de púas, clavos, tacuaras y espinas que ellos mismos aguzaban. Cada uno se encargaba por turno de administrar la máquina, lo cual consistía en cambiar automáticamente de disco sin levantar siquiera los ojos de la arcilla y reanudar enseguida el trabajo. Cuando habían pasado todos los discos, tocaba a otro el turno de repetir exactamente lo mismo. No oían ya la música, por resaberla de memoria; pero les entretenía el ruido.

A la diez los ceramistas daban por terminada su tarea y se levantaban a proceder por primera vez al examen crítico de sus obras de arte, pues antes de haber concluido todos no se permitía el menor comentario. Y era de ver, entonces, el alborozo ante las fantasías ornamentales de la mujercita y el entusiasmo que levantaba la obstinada colección de víboras del nene. Tras lo cual Subercasaux extinguía el fuego del horno, y todos de la mano atravesaban corriendo la noche helada hasta su casa.

Tres días después del paseo nocturno que hemos contado, Subercasaux quedó sin sirvienta; y este incidente, ligero y sin consecuencias en cualquier otra parte, modificó hasta el extremo la vida de los tres desterrados.

En los primeros momentos de su soledad, Subercasaux había contado para criar a sus hijos con la ayuda de una excelente mujer, la misma cocinera que lloró y halló la casa demasiado sola a la muerte de su señora.

Al mes siguiente se fue, y Subercasaux pasó todas las penas para reemplazarla con tres o cuatro hoscas muchachas arrancadas al monte y que sólo se quedaban tres días por hallar demasiado duro el carácter del patrón.

Subercasaux, en efecto, tenía alguna culpa y lo reconocía. Hablaba con las muchachas apenas lo necesario para hacerse entender; y lo que decía tenía precisión y lógica demasiado masculinas. Al barrer aquéllas el comedor, por ejemplo, les advertía que barrieran también alrededor de cada pata de la mesa. Y esto, expresado brevemente, exasperaba y cansaba a las muchachas.

Por el espacio de tres meses no pudo obtener siquiera una chica que le lavara los platos. Y en estos tres meses Subercasaux aprendió algo más que a bañar a sus chicos.

Aprendió, no a cocinar, porque ya lo sabía, sino a fregar ollas con la misma arena del patio, en cuclillas y al viento helado, que le amorataba las manos.

Aprendió a interrumpir a cada instante sus trabajos para correr a retirar la leche del fuego o abrir el horno humeante, y aprendió también a traer de noche tres baldes de agua del pozo —ni uno menos— para lavar su vajilla.

Este problema de los tres baldes ineludibles constituyó una de sus pesadillas, y tardó un mes en darse cuenta de que le eran indispensables. En los primeros días, naturalmente, había aplazado la limpieza de ollas y platos, que amontonaba uno al lado de otro en el suelo, para limpiarlos todos juntos. Pero después de perder una mañana entera en cuclillas raspando cacerolas quemadas (todas se quemaban), optó por cocinar-comer-fregar, tres sucesivas cosas cuyo deleite tampoco conocen los hombres casados.

No le quedaba, en verdad, tiempo para nada, máxime en los breves días de invierno. Subercasaux había confiado a los chicos el arreglo de las dos piezas, que ellos desempeñaban bien que mal. Pero no se sentía él mismo con ánimo suficiente para barrer el patio, tarea científica, radial, circular y exclusivamente femenina, que, a pesar de saberla Subercasaux base del bienestar en los ranchos del monte, sobrepasaba su paciencia.

En esa suelta arena sin remover, convertida en laboratorio de cultivo por el tiempo cruzado de lluvias y sol ardiente, los piques se propagaron de tal modo que se los veía trepar por los pies descalzos de los chicos. Subercasaux, aunque siempre de stromboot, pagaba pesado tributo a los piques. Y rengo casi siempre, debía pasar una hora entera después de almorzar con los pies de su chico entre las manos, en el corredor y salpicado de lluvia o en el patio cegado por el sol. Cuando concluía con el varoncito, le tocaba el turno a sí mismo; y al incorporarse por fin, curvaturado, el nene lo llamaba porque tres nuevos piques le habían taladrado a medias la piel de los pies.

La mujercita parecía inmune, por ventura; no había modo de que sus uñitas tentaran a los piques, de diez de los cuales siete correspondían de derecho al nene y sólo tres a su padre. Pero estos tres resultaban excesivos para un hombre cuyos pies eran el resorte de su vida montés.

Los piques son, por lo general, más inofensivos que las víboras, las uras y los mismos barigüis. Caminan empinados por la piel, y de pronto la perforan con gran rapidez, llegan a la carne viva, donde fabrican una bolsita que llenan de huevos. Ni la extracción del pique o la nidada suelen ser molestas, ni sus heridas se echan a perder más de lo necesario. Pero de cien piques limpios hay uno que aporta una infección, y cuidado entonces con ella.

Subercasaux no lograba reducir una que tenía en un dedo, en el insignificante meñique del pie derecho. De un agujerillo rosa había llegado a una grieta tumefacta y dolorosísima, que bordeaba la uña. Yodo, bicloruro, agua oxigenada, formol, nada había dejado de probar. Se calzaba, sin embargo, pero no salía de casa, y sus inacabables fatigas de monte se reducían ahora, en las tardes de lluvia, a lentos y taciturnos paseos alrededor del patio, cuando al entrar el sol el cielo se despejaba y el bosque, recortado a contraluz como sombra chinesca, se aproximaba en el aire purísimo hasta tocar los mismos ojos.

Subercasaux reconocía que en otras condiciones de vida habría logrado vencer la infección, la que sólo pedía un poco de descanso. El herido dormía mal, agitado por escalofríos y vivos dolores en las altas horas. Al rayar el día, caía por fin en un sueño pesadísimo, y en ese momento hubiera dado cualquier cosa por quedar en cama hasta las ocho siquiera. Pero el nene seguía en invierno tan madrugador como en verano, y Subercasaux se levantaba achuchado a encender el primus y preparar el café. Luego el almuerzo, el restregar ollas. Y por diversión, al mediodía, la inacabable historia de los piques de su chico.

—Esto no puede continuar así —acabó por decirse Subercasaux—. Tengo que conseguir a toda costa una muchacha.

Pero ¿cómo? Durante sus años de casado esta terrible preocupación de la sirvienta había constituido una de sus angustias periódicas. Las muchachas llegaban y se iban, como lo hemos dicho, sin decir por qué, y esto cuando había una dueña de casa. Subercasaux abandonaba todos sus trabajos y por tres días no bajaba del caballo, galopando por las picadas desde Apariciocué a San Ignacio, tras de la más inútil muchacha que quisiera lavar los pañales. Un mediodía, por fin, Subercasaux desembocaba del monte con una aureola de tábanos en la cabeza y el pescuezo del caballo deshilado en sangre; pero triunfante. La muchacha llegaba al día siguiente en ancas de su padre, con un atado; y al mes justo se iba con el mismo atado, a pie. Y Subercasaux dejaba otra vez el machete o la azada para ir a buscar su caballo, que ya sudaba al sol sin moverse.

Malas aventuras aquellas, que le habían dejado un amargo sabor y que debían comenzar otra vez. ¿Pero hacia dónde?

Subercasaux había ya oído en sus noches de insomnio el tronido lejano del bosque, abatido por la lluvia. La primavera suele ser seca en Misiones, y muy lluvioso el invierno. Pero cuando el régimen se invierte —y de esperar en el clima de Misiones—, las nubes precipitan en tres meses un metro de agua, de los mil quinientos milímetros que deben caer en el año.

Hallábanse ya casi sitiados. El Horqueta, que corta el camino hacia la costa del Paraná, no ofrecía entonces puente alguno y sólo daba paso en el vado carretero, donde el agua caía en espumoso rápido sobre piedras redondas y movedizas, que los caballos pisaban estremecidos. Esto, en tiempos normales; porque cuando el riacho se ponía a recoger las aguas de siete días de temporal, el vado quedaba sumergido bajo cuatro metros de agua veloz, estirada en hondas líneas que se cortaban y enroscaban de pronto en un remolino. Y los pobladores del Yabebirí, detenidos a caballo ante el pajonal inundado, miraban pasar venados muertos, que iban girando sobre sí mismos. Y así por diez o quince días.

El Horqueta daba aún paso cuando Subercasaux se decidió a salir; pero en su estado, no se atrevía a recorrer a caballo tal distancia. Y en el fondo, hacia el arroyo del Cazador, ¿qué podía hallar?

Recordó entonces a un muchachón que había tenido una vez, listo y trabajador como pocos, quien le había manifestado riendo, el mismo día de llegar, y mientras fregaba una sartén en el suelo, que él se quedaría un mes, porque su patrón lo necesitaba; pero ni un día más, porque ese no era un trabajo para hombres. El muchacho vivía en la boca del Yabebirí, frente a la isla del Toro; lo cual representaba un serio viaje, porque si el Yabebirí se desciende y se remonta jugando, ocho horas continuas de remo aplastan los dedos de cualquiera que ya no está en tren.

Subercasaux se decidió, sin embargo. Y a pesar del tiempo amenazante, fue con sus chicos hasta el río, con el aire feliz de quien ve por fin el cielo abierto. Las criaturas besaban a cada instante la mano de su padre, como era hábito en ellos cuando estaban muy contentos. A pesar de sus pies y el resto, Subercasaux conservaba todo su ánimo para sus hijos; pero para éstos era cosa muy distinta atravesar con su piapiá el monte enjambrado de sorpresas y correr luego descalzos a lo largo de la costa, sobre el barro caliente y elástico del Yabebirí.

Allí les esperaba lo ya previsto: la canoa llena de agua, que fue preciso desagotar con el achicador habitual y con los mates guardabichos que los chicos llevaban siempre en bandolera cuando iban al monte.

La esperanza de Subercasaux era tan grande que no se inquietó lo necesario ante el aspecto equívoco del agua enturbiada, en un río que habitualmente da fondo claro a los ojos hasta dos metros.

—Las lluvias —pensó— no se han obstinado aún con el sudeste... Tardará un día o dos en crecer.

Prosiguieron trabajando. Metidos en el agua a ambos lados de la canoa, baldeaban de firme. Subercasaux, en un principio, no se había atrevido a quitarse las botas, que el lodo profundo retenía al punto de ocasionarle buenos dolores al arrancar el pie. Descalzóse, por fin, y con los pies libres y hundidos como cuñas en el barro pestilente, concluyó de agotar la canoa, la dio vuelta y le limpió los fondos, todo en dos horas de febril actividad.

Listos, por fin, partieron. Durante una hora la canoa se deslizó más velozmente de lo que el remero hubiera querido. Remaba mal, apoyado en un solo pie, y el talón desnudo herido por el filo del soporte. Y asimismo avanzaba a prisa, porque el Yabebirí corría ya. Los palitos hinchados de burbujas, que comenzaban a orlear los remansos, y el bigote de las pajas atracadas en un raigón hicieron por fin comprender a Subercasaux lo que iba a pasar si demoraba un segundo en virar de proa hacia su puerto.

Sirvienta, muchacho, ¡descanso, por fin!..., nuevas esperanzas perdidas. Remó, pues, sin perder una palada. Las cuatro horas que empleó en remontar, torturado de angustias y fatiga, un río que había descendido en una hora, bajo una atmósfera tan enrarecida que la respiración anhelaba en vano, sólo él pudo apreciarlas a fondo. Al llegar a su puerto, el agua espumosa y tibia había subido ya dos metros sobre la playa. Y por la canal bajaban a medio hundir ramas secas, cuyas puntas emergían y se hundían balanceándose.

Los viajeros llegaron al bungalow cuando ya estaba casi oscuro, aunque eran apenas las cuatro, y a tiempo que el cielo, con un solo relámpago desde el cenit al río, descargaba por fin su inmensa provisión de agua. Cenaron enseguida y se acostaron rendidos, bajo el estruendo del cinc que el diluvio martilló toda la noche con implacable violencia.

Al rayar el día, un hondo escalofrío despertó al dueño de casa. Hasta ese momento había dormido con pesadez de plomo. Contra lo habitual, desde que tenía el dedo herido, apenas le dolía el pie, no obstante, las fatigas del día anterior. Echóse encima el impermeable tirado en el respaldo de la cama, y trató de dormir de nuevo.

Imposible. El frío lo traspasaba. El hielo interior irradiaba hacia afuera, y todos los poros convertidos en agujas de hielo erizadas, de lo que adquiría noción al mínimo roce con su ropa. Apelotonado, recorrido a lo largo de la médula espinal por rítmicas y profundas corrientes de frío, el enfermo vio pasar las horas sin lograr calentarse. Los chicos, felizmente, dormían aún.

—En el estado en que estoy no se hacen pavadas como la de ayer —se repetía—. Estas son las consecuencias.

Como un sueño lejano, como una dicha de inapreciable rareza que alguna vez poseyó, se figuraba que podía quedar todo el día en cama, caliente y descansando, por fin, mientras oía en la mesa el ruido de las tazas de café con leche que la sirvienta —aquella primera gran sirvienta— servía a los chicos...

¡Quedar en cama hasta las diez, siquiera!... En cuatro horas pasaría la fiebre, y la misma cintura no le dolería tanto... ¿Qué necesitaba, en suma, para curarse? Un poco de descanso, nada más. Él mismo se lo había repetido diez veces...

Y el día avanzaba, y el enfermo creía oír el feliz ruido de las tazas, entre las pulsaciones profundas de su sien de plomo. ¡Qué dicha oír aquel ruido!... Descansaría un poco, por fin...

—¡Piapiá!

—Mi hijo querido..

—¡Buen día, piapiacito adorado! ¿No te levantaste todavía? Es tarde, piapiá.

—Sí, mi vida, ya me estaba levantando...

Y Subercasaux se vistió a prisa, echándose en cara su pereza, que lo había hecho olvidar del café de sus hijos.

El agua había cesado, por fin, pero sin que el menor soplo de viento barriera la humedad ambiente. A mediodía la lluvia recomenzó, la lluvia tibia, calma y monótona, en que el valle del Horqueta, los sembrados y los pajonales se diluían en una brumosa y tristísima napa de agua.

Después de almorzar, los chicos se entretuvieron en rehacer su provisión de botes de papel que habían agotado la tarde anterior... hacían cientos de ellos, que acondicionaban unos dentro de otros como cartuchos, listos para ser lanzados en la estela de la canoa, en el próximo viaje. Subercasaux aprovechó la ocasión para tirarse un rato en la cama, donde recuperó enseguida su postura de gatillo, manteniéndose inmóvil con las rodillas subidas hasta el pecho.

De nuevo, en la sien, sentía un peso enorme que la adhería a la almohada, al punto de que ésta parecía formar parte integrante de su cabeza. ¡Qué bien estaba así! ¡Quedar uno, diez, cien días sin moverse! El murmullo monótono del agua en el cinc lo arrullaba, y en su rumor oía distintamente, hasta arrancarle una sonrisa, el tintineo de los cubiertos que la sirvienta manejaba a toda prisa en la cocina. ¡Qué sirvienta la suya!... Y oía el ruido de los platos, docenas de platos, tazas y ollas que las sirvientas —¡eran diez ahora!— raspaban y flotaban con rapidez vertiginosa. ¡Qué gozo de hallarse bien caliente, por fin, en la cama, sin ninguna, ninguna preocupación!... ¿Cuándo, en qué época anterior había él soñado estar enfermo, con una preocupación terrible?... ¡Qué zonzo había sido!... Y qué bien se está así, oyendo el ruido de centenares de tazas limpísimas...

—¡Piapiá!

—Chiquita...

—¡Ya tengo hambre, piapiá!

—Sí, chiquita; enseguida...

Y el enfermo se fue a la lluvia a aprontar el café a sus hijos.

Sin darse cuenta precisa de lo que había hecho esa tarde, Subercasaux vio llegar la noche con hondo deleite. Recordaba, sí, que el muchacho no había traído esa tarde la leche, y que él había mirado un largo rato su herida, sin percibir en ella nada de particular.

Cayó en la cama sin desvestirse siquiera, y en breve tiempo la fiebre lo arrebató otra vez. El muchacho que no había llegado con la leche... ¡Qué locura! ...

Con sólo unos días de descanso, con unas horas nada más, se curaría. ¡Claro! ¡Claro!. .. Hay una justicia a pesar de todo... Y también un poquito de recompensa... para quien había querido a sus hijos como él... Pero se levantaría sano. Un hombre puede enfermarse a veces... y necesitar un poco de descanso. ¡Y cómo descansaba ahora, al arrullo de la lluvia en el cinc!... ¿Pero no habría pasado un mes ya?... Debía levantarse.

El enfermo abrió los ojos. No veía sino tinieblas, agujereadas por puntos fulgurantes que se retraían e hinchaban alternativamente, avanzando hasta sus ojos en velocísimo vaivén.

"Debo de tener fiebre muy alta" —se dijo el enfermo.

Y encendió sobre el velador el farol de viento. La mecha, mojada, chisporroteó largo rato, sin que Subercasaux apartara los ojos del techo. De lejos, lejísimo, llegábale el recuerdo de una noche semejante en que él se hallaba muy, muy enfermo... ¡Qué tontería!... Se hallaba sano, porque cuando un hombre nada más que cansado tiene la dicha de oír desde la cama el tintineo vertiginoso del servicio en la cocina, es porque la madre vela por sus hijos...

Despertóse de nuevo. Vio de reojo el farol encendido, y tras un concentrado esfuerzo de atención, recobró la conciencia de sí mismo.

En el brazo derecho, desde el codo a la extremidad de los dedos, sentía ahora un dolor profundo. Quiso recoger el brazo y no lo consiguió. Bajó el impermeable, y vio su mano lívida, dibujada de líneas violáceas, helada, muerta. Sin cerrar los ojos, pensó un rato en lo que aquello significaba dentro de sus escalofríos y del roce de los vasos abiertos de su herida con el fango infecto del Yabebirí, y adquirió entonces, nítida y absoluta, la comprensión definitiva de que todo él también se moría —que se estaba muriendo.

Hízose en su interior un gran silencio, como si la lluvia, los ruidos y el ritmo mismo de las cosas se hubieran retirado bruscamente al infinito. Y como si estuviera ya desprendido de sí mismo, vio a lo lejos de un país un bungalow totalmente interceptado de todo auxilio humano, donde dos criaturas, sin leche y solas, quedaban abandonadas de Dios y de los hombres, en el más inicuo y horrendo de los desamparos.

Sus hijitos...

Se hallaba ahora bien, perfectamente bien, descansando.-

Con un supremo esfuerzo pretendió arrancarse a aquella tortura que le hacía palpar hora tras hora, día tras día, el destino de sus adoradas criaturas. Pensaba en vano: la vida tiene fuerzas superiores que nos escapan... Dios provee...

"¡Pero no tendrán que comer!" —gritaba tumultuosamente su corazón. Y él quedaría allí mismo muerto, asistiendo a aquel horror sin precedentes...

Mas, a pesar de la lívida luz del día que reflejaba la pared, las tinieblas recomenzaban a absorberlo otra vez con sus vertiginosos puntos blancos, que retrocedían y volvían a latir en sus mismos ojos... ¡Sí! ¡Claro! ¡Había soñado! No debiera ser permitido soñar tales cosas... Ya se iba a levantar, descansado.

—¡Piapiá!... ¡Piapiá!... ¡Mi piapiacito querido!.

—Mi hijo...

—¿No te vas a levantar hoy, piapiá? Es muy tarde. ¡Tenemos mucha hambre, piapiá!

—Mi chiquito... No me voy a levantar todavía... Levántense ustedes y coman galleta... Hay dos todavía en la lata... Y vengan después.

—¿Podemos entrar ya, piapiá?

—No, querido mío... Después haré el café... Yo los voy a llamar.

Oyó aún las risas y el parloteo de sus chicos que se levantaban, y después de un rumor in crescendo, un tintineo vertiginoso que irradiaba desde el centro de su cerebro e iba a golpear en ondas rítmicas contra su cráneo dolorosísimo. Y nada mas oyó.

Abrió otra vez los ojos, y al abrirlos sintió que su cabeza caía hacia la izquierda con una facilidad que le sorprendió. No sentía ya rumor alguno. Sólo una creciente dificultad sin penurias para apreciar la distancia a que estaban los objetos... Y la boca muy abierta para respirar.

—Chiquitos... Vengan enseguida...

Precipitadamente, las criaturas aparecieron en la puerta entreabierta; pero ante el farol encendido y la fisonomía de su padre, avanzaron mudos y los ojos muy abiertos.

El enfermo tuvo aún el valor de sonreír, y los chicos abrieron más los ojos ante aquella mueca.

—Chiquitos —les dijo Subercasaux, cuando los tuvo a su lado—. Óiganme bien, chiquitos míos, porque ustedes son ya grandes y pueden comprender todo... Voy a morir, chiquitos... Pero no se aflijan... Pronto van a ser ustedes hombres, y serán buenos y honrados... Y se acordarán entonces de su piapiá... Comprendan bien, mis hijitos queridos... Dentro de un rato me moriré, y ustedes no tendrán más padre... Quedarán solitos en casa... Pero no se asusten ni tengan miedo... Y ahora, adiós, hijitos míos... Me van a dar ahora un beso . . Un beso cada uno... Pero ligero, chiquitos... Un beso... a su piapiá...

—Pero ligero, chiquitos... Un beso...

Las criaturas salieron sin tocar la puerta entreabierta y fueron a detenerse en su cuarto, ante la llovizna del patio. No se movían de allí. Sólo la mujercita, con una vislumbre de la extensión de lo que acababa de pasar, hacía a ratos pucheros con el brazo en la cara, mientras el nene rascaba distraído el contramarco, sin comprender.

Ni uno ni otro se atrevían a hacer ruido.

Pero tampoco les llegaba el menor ruido del cuarto vecino, donde desde hacía tres horas su padre, vestido y calzado bajo el impermeable, yacía muerto a la luz del farol.

El loro pelado

Había una vez una bandada de loros que vivía en el monte.

De mañana temprano iban a comer choclos a la chacra, y de tarde comían naranjas. Hacían gran barullo con sus gritos, y tenían siempre un loro de centinela en los árboles más altos, para ver si venía alguien.

Los loros son tan dañinos como la langosta, porque abren los choclos para picotearlos, los cuales, después se pudren con la Lluvia. Y como al mismo tiempo los loros son ricos para comerlos guisados, los peones los cazaban a tiros.

Un día un hombre bajó de un tiro a un loro centinela, el que cayó herido y peleó un buen rato antes de dejarse agarrar. El peón lo Llevó a la casa, para los hijos del patrón; los chicos lo curaron porque no tenía más que un ala rota. El loro se curó muy bien, y se amansó completamente. Se Llamaba Pedrito. Aprendió a dar la pata; le gustaba estar en el hombro de las personas y les hacía cosquillas en la oreja.

Vivía suelto, y pasaba casi todo el día en los naranjos y eucaliptos del jardín. Le gustaba también burlarse de las gallinas. A las cuatro o cinco de la tarde, que era la hora en que tomaban el té en la casa, el loro entraba también en el comedor, y se subía por el mantel, a comer pan mojado en leche. Tenía locura por el té con leche.

Tanto se daba Pedrito con los chicos, y tantas cosas le decían las criaturas, que el loro aprendió a hablar. Decía: "¡Buen día, lorito! "¡Rica la papa!" "¡Papa para Pedrito!..." Decía otras cosas más que no se pueden decir, porque los loros, como los chicos, aprenden con gran facilidad malas palabras.

Cuando Llovía, Pedrito se encrespaba y se contaba a sí mismo una porción de cosas, muy bajito. Cuando el tiempo se componía, volaba entonces gritando como un loco.

Era, como se ve, un loro bien feliz, que además de ser libre, como lo desean todos los pájaros, tenía también, como las personas ricas, su five o clock tea.

Ahora bien: en medio de esta felicidad, sucedió que una tarde de lluvia salió por fin el sol después de cinco días de temporal, y Pedrito se puso a volar gritando:

- ¡Qué lindo día, lorito!... ¡Rica, papa!... ¡La pata, Pedrito!... y volaba lejos, hasta que vio debajo de él, muy abajo, el río Paraná, que parecía una lejana y ancha cinta blanca. Y siguió, siguió volando, hasta que se asentó por fin en un árbol a descansar.

Y he aquí que de pronto vio brillar en el suelo, a través de las ramas, dos luces verdes, como enormes bichos de luz.

-¿Qué será? -se dijo el loro- ¡Rica, papa!... ¿Qué será eso?... ¡Buen día, Pedrito!... El loro hablaba siempre así, como todos los loros, mezclando las palabras sin ton ni son, y a veces costaba entenderlo. Y como era muy curioso, fue bajando de rama en rama, hasta acercarse.

Entonces vio que aquellas dos luces verdes eran los ojos de un tigre que estaba agachado, mirándolo fijamente.

Pero Pedrito estaba tan contento con el lindo día, que no tuvo ningún miedo.

-¡Buen día, tigre! -le dijo- ¡La pata, Pedrito!...

Y el tigre, con esa voz terriblemente ronca que tiene, le respondió:

-¡Bu-en día!

-¡Buen día, tigre! -repitió el loro-. ¡Rica, papa!... ¡rica, papa!... ¡rica papa!...

Y decía tantas veces "¡rica papa!" porque ya eran las cuatro de la tarde, y tenía muchas ganas de tomar té con leche. El loro se había olvidado de que los bichos del monte no toman té con leche, y por esto lo convidó al tigre.

-¡Rico té con leche! -le dijo-. ¡Buen día, Pedrito!... ¿Quieres tomar té con leche conmigo, amigo tigre?

Pero el tigre se puso furioso porque creyó que el loro se reía de él, y además, como tenía a su vez hambre, se quiso comer al pájaro hablador. Así que le contestó:

-¡Bue-no! ¡Acérca-te un po-co que soy sor-do!

El tigre no era sordo; lo que quería era que Pedrito se acercara mucho para agarrarlo de un zarpazo. Pero el loro no pensaba sino en el gusto que tendrían en la casa cuando él se presentara a tomar té con leche con aquel magnífico amigo. Y voló hasta otra rama más cerca dei suelo.

-¡Rica, papa, en casa! -repitió gritando cuanto podía.

-¡Más cer-ca! ¡No oi-go! -respondió el tigre con su voz ronca.

El loro se acercó un poco más y dijo:

-¡Rico, té con leche!

-¡Más cer-ca toda-vía! -repitió el tigre.

El pobre loro se acercó aún más, y en ese momento el tigre dio un terrible salto,

tan alto como una casa, y alcanzó con la punta de las uñas a Pedrito. No alcanzó a matarlo, pero le arrancó todas las plumas del lomo y la cola entera. No le quedó una sola pluma en la cola.

-¡Tomá!-rugió el tigre-. Andá a tomar té con leche...

El loro, gritando de dolor y de miedo, se fue volando, pero no podía volar bien, porque le faltaba la cola, que es como el timón de los pájaros. Volaba cayéndose en el aire de un lado para otro, y todos los pájaros que lo encontraban se alejaban asustados de aquel bicho raro.

Por fin pudo llegar a la casa, y lo primero que hizo fue mirarse en el espejo de la cocinera. ¡Pobre, Pedrito! Era el pájaro más raro y más feo que puede darse, todo pelado, todo rabón y temblando de frío. ¿Cómo iba a presentarse en el comedor con esa figura? Voló entonces hasta el hueco que había en el tronco de un eucalipto y que era como una cueva, y se escondió en el fondo, tiritando de frío y de vergüenza.

Pero entretanto, en el comedor todos extrañaban su ausencia:

-¿Dónde estará Pedrito? -decían. Y Llamaban-: ¡Pedrito! ¡Rica, papa, Pedrito! ¡Té con leche, Pedrito!

Pero Pedrito no se movía de su cueva, ni respondía nada, mudo y quieto. Lo buscaron por todas partes, pero el loro no apareció. Todos creyeron entonces que Pedrito había muerto, y los chicos se echaron a Llorar.

Todas las tardes, a la hora del té, se acordaban siempre del loro, y recordaban también cuánto le gustaba comer pan mojado en té con leche. ¡Pobre, Pedrito! Nunca más lo verían por- que había muerto.

Pero Pedrito no había muerto, sino que continuaba en su cueva sin dejarse ver por nadie, porque sentía mucha vergüenza de verse pelado como un ratón. De noche bajaba a comer y subía en seguida. De madrugada descendía de nuevo, muy ligero, iba a mirarse en el espejo de la cocinera, siempre muy triste porque las plumas tardaban mucho en crecer.

Hasta que por fin un día, o una tarde, la familia sentada a la mesa a la hora del té vio entrar a Pedrito muy tranquilo, balanceándose como si nada hubiera pasado. Todos se querían morir, morir de gusto cuando lo vieron bien vivo y con lindísimas plumas.

-¡Pedrito, lorito! -le decían-. ¡Qué te pasó, Pedrito! ¡Qué plumas brillantes que tiene el lorito!

Pero no sabían que eran plumas nuevas, y Pedrito, muy serio, no decía tampoco una palabra. No hacía sino comer pan mojado en té con leche. Pero lo que es hablar, ni una sola palabra.

Por eso, el dueño de casa se sorprendió mucho cuando a la mañana siguiente el loro fue volando a pararse en su hombro, charlando como un loco. En dos minutos le contó lo que le había pasado; un paseo al Paraguay, su encuentro con el tigre, y lo demás; y concluía cada cuento, cantando:

-¡Ni una pluma en la cola de Pedrito! ¡Ni una pluma! ¡Ni una pluma!

Y lo invitó a ir a cazar al tigre entre los dos.

El dueño de casa, que precisamente iba en ese momento a comprar una piel de tigre que le hacía falta para la estufa, quedó muy contento de poderla tener gratis. Y volviendo a entrar en la casa para tomar la escopeta, emprendió junto con Pedrito el viaje al Paraguay. Convinieron en que cuando Pedrito viera al tigre, lo distraería charlando, para que el hombre pudiera acercarse despacito con la escopeta.

Y así pasó. El loro, sentado en una rama del árbol, charlaba y charlaba, mirando al mismo tiempo a todos lados, para ver si veía al tigre. Y por fin sintió un ruido de ramas partidas, y vio de repente debajo del árbol dos luces verdes fijas en él: eran los ojos del tigre.

Entonces el loro se puso a gritar:

-¡Lindo día!... ¡Rica, papa!... ¡Rico té con leche!... ¿Querés té con leche?...

El tigre enojadísimo al reconocer a aquel loro pelado que él creía haber muerto, y que tenía otra vez lindísimas plumas, juró que esta vez no se le escaparía, y de sus ojos brotaron dos rayos de ira cuando respondió con su voz ronca:

-Acer-cá-te más! ¡Soy sor-do!

El loro voló a otra rama más próxima, siempre charlando:

-¡Rico, pan con leche!... ¡ESTÁ AL PIE DE ESTE ÁRBOL!...

Al oír estas últimas palabras, el tigre lanzó un rugido y se levantó de un salto.

-¿Con quién estás hablando? -rugió-. ¿A quién le has dicho que estoy al pie de este árbol?

-¡A nadie, a nadie! -gritó el loro-. ¡Buen día, Pedrito!... ¡La pata, lorito!...

Y seguía charlando y saltando de rama en rama, y acercándose. Pero él había dicho: está al pie de este árbol, para avisar- le al hombre, que se iba arrimando bien agachado y con escopeta al hombro.

Y Llegó un momento en que el loro no pudo acercarse más, porque si no, caía en la boca del tigre, y entonces gritó:

-¡Rica, papa!... ¡ATENCIÓN!

-¡Más cer-ca aún!-rugió el tigre, agachándose para saltar.

-¡Rico, té con leche!... ¡CUIDADO, VA A SALTAR! y el tigre saltó, en efecto. Dio un enorme salto, que el loro evitó lanzándose al mismo tiempo como una flecha en el aire. Pero también en ese mismo instante el hombre, que tenia el cañón de la escopeta re- costado contra un tronco para hacer bien la puntería, apretó el gatillo, y nueve balines del tamaño de un garbanzo cada uno entraron como un rayo en el corazón del tigre, que lanzando un rugido que hizo temblar el monte entero, cayó muerto.

Pero el loro, !Qué gritos de alegría daba! ¡Estaba loco de contento, porque se había vengado -¡y bien vengado!- del feísimo animal que le había sacado las plumas!

El hombre estaba también muy contento, porque matar a un tigre es cosa dificil, y, además, tenía la piel para la estufa del comedor.

Cuando Llegaron a la casa, todos supieron por qué Pedrito había estado tanto tiempo oculto en el hueco del árbol, y todos lo felicitaron por la hazaña que había hecho.

Vivieron en adelante muy contentos. Pero el loro no se olvidaba de lo que le había hecho el tigre, y todas las tardes, cuan- do entraba en el comedor para tomar el té se acercaba siempre a la piel del tigre, tendida delante de la estufa, y lo invitaba a tomar té con leche.

-¡Rica, papa!... -le decía-. ¿Querés té con leche?... ¡La papa para el tigre!...

Y todos se morían de risa. Y Pedrito también.

La miel silvestre

Tengo en el Salto Oriental dos primos, hoy hombres ya, que a sus doce años, y a consecuencia de profundas lecturas de Julio Verne, dieron en la rica empresa de abandonar su casa para ir a vivir al monte. Este queda a dos leguas de la ciudad. Allí vivirían primitivamente de la caza y la pesca. Cierto es que los dos muchachos no se habían acordado particularmente de llevar escopetas ni anzuelos; pero, de todos modos, el bosque estaba allí, con su libertad como fuente de dicha y sus peligros como encanto.

Desgraciadamente, al segundo día fueron hallados por quienes los buscaban. Estaban bastante atónitos todavía, no poco débiles, y con gran asombro de sus hermanos menores —iniciados también en Julio Verne— sabían andar aún en dos pies y recordaban el habla.

La aventura de los dos robinsones, sin embargo, fuera acaso más formal a haber tenido como teatro otro bosque menos dominguero. Las escapatorias llevan aquí en Misiones a límites imprevistos, y a ello arrastró a Gabriel Benincasa el orgullo de sus stromboot.

Benincasa, habiendo concluido sus estudios de contaduría pública, sintió fulminante deseo de conocer la vida de la selva. No fue arrastrado por su temperamento, pues antes bien Benincasa era un muchacho pacífico, gordinflón y de cara rosada, en razón de su excelente salud. En consecuencia, lo suficiente cuerdo para preferir un té con leche y pastelitos a quién sabe qué fortuita e infernal comida del bosque. Pero así como el soltero que fue siempre juicioso cree de su deber, la víspera de sus bodas, despedirse de la vida libre con una noche de orgía en componía de sus amigos, de igual modo Benincasa quiso honrar su vida aceitada con dos o tres choques de vida intensa. Y por este motivo remontaba el Paraná hasta un obraje, con sus famosos stromboot.

Apenas salido de Corrientes había calzado sus recias botas, pues los yacarés de la orilla calentaban ya el paisaje. Más a pesar de ello el contador público cuidaba mucho de su calzado, evitándole arañazos y sucios contactos.

De este modo llegó al obraje de su padrino, y a la hora tuvo éste que contener el desenfado de su ahijado.

—¿Adónde vas ahora? —le había preguntado sorprendido.

—Al monte; quiero recorrerlo un poco —repuso Benincasa, que acababa de colgarse el winchester al hombro.

—¡Pero infeliz! No vas a poder dar un paso. Sigue la picada, si quieres... O mejor deja esa arma y mañana te haré acompañar por un peón.

Benincasa renunció a su paseo. No obstante, fue hasta la vera del bosque y se detuvo. Intentó vagamente un paso adentro, y quedó quieto. Metióse las manos en los bolsillos y miró detenidamente aquella inextricable maraña, silbando débilmente aires truncos. Después de observar de nuevo el bosque a uno y otro lado, retornó bastante desilusionado.

Al día siguiente, sin embargo, recorrió la picada central por espacio de una legua, y aunque su fusil volvió profundamente dormido, Benincasa no deploró el paseo. Las fieras llegarían poco a poco.

Llegaron éstas a la segunda noche —aunque de un carácter un poco singular.

Benincasa dormía profundamente, cuando fue despertado por su padrino.

—¡Eh, dormilón! Levántate que te van a comer vivo.

Benincasa se sentó bruscamente en la cama, alucinado por la luz de los tres faroles de viento que se movían de un lado a otro en la pieza. Su padrino y dos peones regaban el piso.

—¿Qué hay, qué hay?—preguntó echándose al suelo.

—Nada... Cuidado con los pies... La corrección.

Benincasa había sido ya enterado de las curiosas hormigas a que llamamos corrección. Son pequeñas, negras, brillantes y marchan velozmente en ríos más o menos anchos. Son esencialmente carnívoras. Avanzan devorando todo lo que encuentran a su paso: arañas, grillos, alacranes, sapos, víboras y a cuanto ser no puede resistirles. No hay animal, por grande y fuerte que sea, que no haya de ellas. Su entrada en una casa supone la exterminación absoluta de todo ser viviente, pues no hay rincón ni agujero profundo donde no se precipite el río devorador. Los perros aúllan, los bueyes mugen y es forzoso abandonarles la casa, a trueque de ser roídos en diez horas hasta el esqueleto. Permanecen en un lugar uno, dos, hasta cinco días, según su riqueza en insectos, carne o grasa. Una vez devorado todo, se van.

No resisten, sin embargo, a la creolina o droga similar; y como en el obraje abunda aquélla, antes de una hora el chalet quedó libre de la corrección.

Benincasa se observaba muy de cerca, en los pies, la placa lívida de una mordedura.

—¡Pican muy fuerte, realmente! —dijo sorprendido, levantando la cabeza hacia su padrino.

Este, para quien la observación no tenía ya ningún valor, no respondió, felicitándose, en cambio, de haber contenido a tiempo la invasión. Benincasa reanudó el sueño, aunque sobresaltado toda la noche por pesadillas tropicales.

Al día siguiente se fue al monte, esta vez con un machete, pues había concluido por comprender que tal utensilio le sería en el monte mucho más útil que el fusil. Cierto es que su pulso no era maravilloso, y su acierto, mucho menos. Pero de todos modos lograba trozar las ramas, azotarse la cara y cortarse las botas; todo en uno.

El monte crepuscular y silencioso lo cansó pronto. Dábale la impresión —exacta por lo demás— de un escenario visto de día. De la bullente vida tropical no hay a esa hora más que el teatro helado; ni un animal, ni un pájaro, ni un ruido casi. Benincasa volvía cuando un sordo zumbido le llamó la atención. A diez metros de él, en un tronco hueco, diminutas abejas aureolaban la entrada del agujero. Se acercó con cautela y vio en el fondo de la abertura diez o doce bolas oscuras, del tamaño de un huevo.

—Esto es miel —se dijo el contador público con íntima gula—. Deben de ser bolsitas de cera, llenas de miel...

Pero entre él —Benincasa— y las bolsitas estaban las abejas. Después de un momento de descanso, pensó en el fuego; levantaría una buena humareda. La suerte quiso que mientras el ladrón acercaba cautelosamente la hojarasca húmeda, cuatro o cinco abejas se posaran en su mano, sin picarlo. Benincasa cogió una en seguida, y oprimiéndole el abdomen, constató que no tenía aguijón. Su saliva, ya liviana, se clarifico en melífica abundancia. ¡Maravillosos y buenos animalitos!

En un instante el contador desprendió las bolsitas de cera, y alejándose un buen trecho para escapar al pegajoso contacto de las abejas, se sentó en un raigón. De las doce bolas, siete contenían polen. Pero las restantes estaban llenas de miel, una miel oscura, de sombría transparencia, que Benincasa paladeó golosamente. Sabía distintamente a algo. ¿A qué? El contador no pudo precisarlo. Acaso a resina de frutales o de eucaliptus. Y por igual motivo, tenía la densa miel un vago dejo áspero. ¡Más qué perfume, en cambio!

Benincasa, una vez bien seguro de que cinco bolsitas le serían útiles, comenzó. Su idea era sencilla: tener suspendido el panal goteante sobre su boca. Pero como la miel era espesa, tuvo que agrandar el agujero, después de haber permanecido medio minuto con la boca inútilmente abierta. Entonces la miel asomó, adelgazándose en pesado hilo hasta la lengua del contador.

Uno tras otro, los cinco panales se vaciaron así dentro de la boca de Benincasa. Fue inútil que éste prolongara la suspensión, y mucho más que repasara los globos exhaustos; tuvo que resignarse.

Entre tanto, la sostenida posición de la cabeza en alto lo había mareado un poco. Pesado de miel, quieto y los ojos bien abiertos, Benincasa consideró de nuevo el monte crepuscular. Los árboles y el suelo tomaban posturas por demás oblicuas, y su cabeza acompañaba el vaivén del paisaje.

—Qué curioso mareo... —pensó el contador. Y lo peor es...

Al levantarse e intentar dar un paso, se había visto obligado a caer de nuevo sobre el tronco. Sentía su cuerpo de plomo, sobre todo las piernas, como si estuvieran inmensamente hinchadas. Y los pies y las manos le hormigueaban.

—¡Es muy raro, muy raro, muy raro! —se repitió estúpidamente Benincasa, sin escudriñar, sin embargo, el motivo de esa rareza. Como si tuviera hormigas... La corrección —concluyó.

Y de pronto la respiración se le cortó en seco, de espanto.

—¡Debe ser la miel!... ¡Es venenosa!... ¡Estoy envenenado!

Y a un segundo esfuerzo para incorporarse, se le erizó el cabello de terror; no había podido ni aun moverse. Ahora la sensación de plomo y el hormigueo subían hasta la cintura. Durante un rato el horror de morir allí, miserablemente solo, lejos de su madre y sus amigos, le cohibió todo medio de defensa.

—¡Voy a morir ahora!... ¡De aquí a un rato voy a morir!... no puedo mover la mano!...

En su pánico constató, sin embargo, que no tenía fiebre ni ardor de garganta, y el corazón y pulmones conservaban su ritmo normal. Su angustia cambió de forma.

—¡Estoy paralítico, es la parálisis! ¡Y no me van a encontrar!...

Pero una visible somnolencia comenzaba a apoderarse de él, dejándole íntegras sus facultades, a lo por que el mareo se aceleraba. Creyó así notar que el suelo oscilante se volvía negro y se agitaba vertiginosamente. Otra vez subió a su memoria el recuerdo de la corrección, y en su pensamiento se fijó como una suprema angustia la posibilidad de que eso negro que invadía el suelo...

Tuvo aún fuerzas para arrancarse a ese último espanto, y de pronto lanzó un grito, un verdadero alarido, en que la voz del hombre recobra la tonalidad del niño aterrado: por sus piernas trepaba un precipitado río de hormigas negras. Alrededor de él la corrección devoradora oscurecía el suelo, y el contador sintió, por bajo del calzoncillo, el río de hormigas carnívoras que subían.

Su padrino halló por fin, dos días después, y sin la menor partícula de carne, el esqueleto cubierto de ropa de Benincasa. La corrección que merodeaba aún por allí, y las bolsitas de cera, lo iluminaron suficientemente.

No es común que la miel silvestre tenga esas propiedades narcóticas o paralizantes, pero se la halla. Las flores con igual carácter abundan en el trópico, y

ya el saber de la miel denuncia en la mayoría de los casos su condición; tal el dejo a resina de eucaliptus que creyó sentir Benincasa.

—"En resumen, yo creo que las palabras valen tanto, materialmente, como la propia cosa significada, y son capaces de crearla por simple razón de eufonía. Se precisará un estado especial; es posible. Pero algo que yo he visto me ha hecho pensar en el peligro de que dos cosas distintas tengan el mismo nombre."

Como se ve, pocas veces es dado oír teorías tan maravillosas como la anterior. Lo curioso es que quien la exponía no era un viejo y sutil filósofo versado en la escolástica, sino un hombre espinado desde muchacho en los negocios, que trabajaba en Laboulaye acopiando granos. Con su promesa de contarnos la cosa, sorbimos rápidamente el café, nos sentamos de costado en la silla para oír largo rato, y fijamos los ojos en el de Córdoba.

—Les contaré la historia—comenzó el hombre— porque es el mejor modo de darse cuenta. Como ustedes saben, hace mucho que estoy en Laboulaye. Mi socio corretea todo el año por las colonias y yo, bastante inútil para eso, atiendo más bien la barraca. Supondrán que durante ocho meses, por lo menos, mi quehacer no es mayor en el escritorio, y dos empleados —uno conmigo en los libros y otro en la venta— nos bastan y sobran. Dado nuestro radio de acción, ni el Mayor ni el Diario son engorrosos. Nos ha quedado, sin embargo, una vigilancia enfermiza de los libros como si aquella cosa lúgubre pudiera repetirse. ¡Los libros!... En fin, hace cuatro años de la aventura y nuestros dos empleados fueron los protagonistas.

El vendedor era un muchacho correntino, bajo y de pelo cortado al rape, que usaba siempre botines amarillos. El otro, encargado de los libros, era un hombre hecho ya, muy flaco y de cara color paja. Creo que nunca lo vi reírse, mudo y contraído en su Mayor con estricta prolijidad de rayas y tinta colorada. Se llamaba Figueroa; era de Catamarca.

Ambos, comenzando por salir juntos, trabaron estrecha amistad, y como ninguno tenía familia en Laboulaye, habían alquilado un caserón con sombríos corredores de bóveda, obra de un escribano que murió loco allá.

Los dos primeros años no tuvimos la menor queja de nuestros hombres. Poco después comenzaron, cada uno a su modo, a cambiar de modo de ser.

El vendedor—se llamaba Tomás Aquino—llegó cierta mañana a la barraca con una verbosidad exuberante. Hablaba y reía sin cesar, buscando constantemente no sé qué en los bolsillos. Así estuvo dos días. Al tercero cayó con un fuerte ataque de gripe; pero volvió después de almorzar, inesperadamente curado. Esa misma tarde, Figueroa tuvo que retirarse con desesperantes estornudos preliminares que lo habían invadido de golpe. Pero todo pasó en horas, a pesar de los síntomas dramáticos. Poco después se repitió lo mismo, y así, por un mes: la charla delirante de Aquino, los estornudos de Figueroa, y cada dos días un fulminante y frustrado ataque de gripe.

Esto era lo curioso. Les aconsejé que se hicieran examinar atentamente, pues no se podía seguir así. Por suerte todo pasó, regresando ambos a la antigua y tranquila normalidad, el vendedor entre las tablas, y Figueroa con su pluma gótica.

Esto era en diciembre. El 14 de enero, al hojear de noche los libros, y con toda la sorpresa que imaginarán, vi que la última página del Mayor estaba cruzada en todos sentidos de rayas. Apenas llegó Figueroa a la mañana siguiente, le pregunté qué demonio eran esas rayas. Me miró sorprendido, miró su obra, y se disculpó murmurando.

No fue sólo esto. Al otro día Aquino entregó el Diario, y en vez de las anotaciones de orden no había más que rayas: toda la página llena de rayas en todas direcciones. La cosa ya era fuerte; les hablé malhumorado, rogándoles muy seriamente que no se repitieran esas gracias. Me miraron atentos pestañeando rápidamente, pero se retiraron sin decir una palabra.

Desde entonces comenzaron a enflaquecer visiblemente. Cambiaron el modo de peinarse, echándose el pelo atrás. Su amistad había recrudecido; trataban de estar todo el día juntos, pero no hablaban nunca entre ellos.

Así varios días, hasta que una tarde hallé a Figueroa doblado sobre la mesa, rayando el libro de Caja. Ya había rayado todo el Mayor, hoja por hoja; todas las páginas llenas de rayas, rayas en el cartón, en el cuero, en el metal, todo con rayas.

Lo despedimos en seguida; que continuara sus estupideces en otra parte. Llamé a Aquino y también lo despedí. Al recorrer la barraca no vi más que rayas en todas partes: tablas rayadas, planchuelas rayadas, barricas rayadas. Hasta una mancha de alquitrán en el suelo, rayada...

No había duda; estaban completamente locos, una terrible obsesión de rayas que con esa precipitación productiva quién sabe a dónde los iba a llevar.

Efectivamente, dos días después vino a verme el dueño de la Fonda Italiana donde aquellos comían. Muy preocupado, me preguntó si no sabía qué se habían hecho Figueroa y Aquino; ya no iban a su casa.

—Estarán en casa de ellos—le dije.

—La puerta está cerrada y no responden—me contestó mirándome.

—¡Se habrán ido!—argüí sin embargo.

—No—replicó en voz baja—. Anoche, durante la tormenta, se han oído gritos que salían de adentro.

Esta vez me cosquilleó la espalda y nos miramos un momento.

Salimos apresuradamente y llevamos la denuncia. En el trayecto al caserón la fila se engrosó, y al llegar a aquél, chapaleando en el agua, éramos más de quince. Ya empezaba a oscurecer. Como nadie respondía, echamos la puerta abajo y entramos. Recorrimos la casa en vano; no había nadie. Pero el piso, las puertas, las paredes, los muebles, el techo mismo, todo estaba rayado: una irradiación delirante de rayas en todo sentido.

Ya no era posible más; habían llegado a un terrible frenesí de rayar, rayar a toda costa, como si las más intimas células de sus vidas estuvieran sacudidas por esa obsesión de rayar. Aun en el patio mojado las rayas se cruzaban vertiginosamente, apretándose de tal modo al fin, que parecía ya haber hecho explosión la locura.

Terminaban en el albañal. Y doblándonos, vimos en el agua fangosa dos rayas negras que se revolvían pesadamente.

F I N

Made in United States
Orlando, FL
18 March 2025

59605898R00052